「余命」1年と告げられ18年後の今を生きる

「中皮腫」患者の闘病の記録

もはや
これまで

〈付〉聞き書き 6人の患者の場合

はじめに

中皮腫と診断されるということは、ある日突然「死刑宣告」されたようなものだ。最近診断された患者さんから聞く話では、余命「八ヶ月」とか「二年」と告げられたそうだ。全く自覚症状のない人でも同様の余命宣告をされる。

インターネットや医学書を見ても、平均余命十二ヶ月、三年生存率二十%、五年生存率七%のような数字が並ぶ。これらの統計数字は、様々な機関で独自に集計されているため多少の誤差はあるとはいえ、中皮腫について調べその治療方法を探している患者や家族の気持ちを萎えさせる。

中皮腫患者は、それでも生きる道はないかと手術方法や抗がん剤治療、治験などの治療方法やその期待される効果、体調の変化などを調べる。しかし、なかなか希望の持てる情報を得ることができない。

インターネットや医学書にでてくる中皮腫患者の情報は医療・研究機関、製薬会社などによる抗がん剤や手術の統計、研究によるものが多い。彼らの主な関心は手術や抗がん剤の効果であり、対象となる患者は三大医療（外科手術・抗がん剤治療・放射線治療）や治験を受け、予後は詳細にデータ管理され、その情報が統計、研究論文に利用されている。しかし、ごく一般的な病院で普通の治療を受けている比較的体調のいい患者は表に出ることが少ない。

本書に登場する中皮腫患者は、本人たちの認識では研究論文などに掲載されたことはない。画期的な治療もせず、それなりに体調を保っているため、医療者の関心の対象にならないのだと思う。私自身十八年生存しているし、無治療で十三年生存している患者、手術と抗がん剤治療を経て長期生存している患者もいる。

これら患者は、初めからこんなに生存するとは思っていなかった。中皮腫と診断されて治療法の選択肢もほとんどなく紆余曲折しながら、八方塞がりの状態になった。そして絶望ともいえる静寂の中で「もはやこれまで」と現状を受け入れ腹をくくり、そして立ち上がり、周りの人たちの助けを借りながら今日まで生活してきた。

私を含めこれらの患者の体験談から、中皮腫患者であってもごく普通の日常生活を送ることができることを知っていただきたい。そして、これら患者たちの体験談から中皮腫と向き合うためのヒントを得ていただければ幸いである。

本書は二部構成となっている。パート1は私自身の闘病記、パート2は私を含めた患者仲間が同じ中皮腫患者にインタビュー調査した、その聞き書きの記録である。

目次

パート1

1　余命一年宣告。死を受容するか闘うか？

宣告

そのころ街では「ミレニアム」という言葉が飛び交い、新たな時代が来ようとしている雰囲気が社会に漂っていた。とりわけ一九九九年十二月二十四日は、千年紀のクリスマスイブを多くの人たちがバカ騒ぎして楽しんでいた。

その日、私は静岡県立総合病院の五階五B外科病棟にいた。二週間前、六時間にわたる開腹手術をし、腹部の腫瘍を切除する手術をした。切除した腫瘍が、良性なのか悪性なのかの判断がつかない状況だった。白黒はっきりしないことに漠然とした不安と苛立ちがつのっていた。

夕方六時ごろ、病室で寝ていると姉が来た。姉はこの病院の外科病棟の看護師だ。「先生が呼んでいるから行こう」。病理報告が出たのだ。

五階の小さな打合わせ室に行き、主治医の高木正和先生から診断結果と所見を姉と聞いた。先生は、ポジフィルムを何枚か取り出し、その一枚を私に渡した。「これが、最も大きい腫瘍で大きさは五㎝くらいだね」。腫瘍は、丸く楕円形につぶれ、外側が白い膜でおおわれており、柔らかくブヨブヨした感じだ。ちょっと突くと破れて中身が出てしまいそうな弱々しい塊だ。

この腫瘍（五・〇㎝×三・五㎝×三・〇㎝、三十六ｇ）を筆頭に、二・八㎝、二㎝、一・八㎝の腫瘍を切除したと言う。さらに、もう一枚フィルムを見せられた。フィルムには、焼肉屋で見る赤みのかかったホルモンの大きな塊（幅五十㎝×縦三十㎝）がひろげられたように写っていた。「小さな腫瘍がたくさんあり、一つ一つ取ることができないし、今後のことも考えると、できる限り多く取った方がいいから、腹膜ごとゴソッと取ったよ。あとで数えたら小さな腫瘍が三十五個あったね」と言う。フィルムを凝視すると腹膜の表面に、小さなあずき豆のようなプツプツがたくさんついていた。

主治医：「この腹膜って、どのくらいの量を切り取ったんですか？」

本　人：「二kgくらいだね」

主治医：「大丈夫だよ」

本　人：「そんなに取って、他の臓器が動かないんですか？」

本　人：「腹膜は、時間が経てば再生するんですか？」

主治医：「しないよ。腫瘍には顔つきがあって、悪性は悪い顔をしているし、良性はいい顔をしているんだよ。

　今回の栗田さんの細胞は、顔つきがはっきりしないんだよね。でも、やっぱり細胞の分裂像があったりするから悪性だと判断できる。非常にまれな病気で、上皮型悪性腹膜中皮腫というのが病名です」

　もちろん、よくわからない。「悪性だったたか」という感覚だけしかない。

「この病気は、まだ日本では症例が少ないんですね。大体病気が発覚してから亡くなるまで、数ヶ月とか一年くらいの人が多いんです。しかし、体調が悪くなってから見つかっている人と違って、栗田さんの場合は比較的早期で見つかっていると考えられるから普通に生活していてもいいと思うよ」。

　何の慰めにもならなかった。そうか……「一年程度の命かぁ」と思った。後日、姉に聞くと病院側では明確に「余命一年」と判断していたそうだ。

その後、病室に戻り同室の患者さんに、自分の病気がまれながんで、悪性度が高く、あと一年くらいしか生きられない、という話を一生懸命した。そして、友達にもメールした。「診断の結果は〝がん〟です。頭が〝ガーン〟としました。今年は〝サンタ〟じゃなくて〝サタン〟がやって来た。〝クリスマス〟じゃなくて〝クルシミマス〟ですね」。

人は、精神的に追い込まれた状況になると、アドレナリンでもでるのだろうか？　その状況に押しつぶされないため、妙に明るく振る舞い対処しようとするのだろうか？

十二月八日入院、十五日手術、二十六日退院。たった十九日間の入院だった。自分にとっては人生を変える大手術でも、世間的には一般的なことなのであろう。日本人の三人に一人はがんで死ぬと言われている時代なのだから特別なことではないのだ。

手術時に、腹腔内に抗がん剤シスプラチンを直接投与したためか十分に体力が回復しない。手術前六十七kgあった体重も五十八kgまで落ちた。また、腹部の傷（縦に約二十五cm）が痛くて十分に動くこともできない。「元気に入院し、病人になって退院する」の典型だった。退院後は病院近くの実家でのんびりと田舎生活を始めお正月を過ごさせてもらった。三十三歳の時であった。

手術後の治療スケジュールは、月一で通院して、腹部に埋め込んだカテーテルからシスプラチンを直接腹腔内に注入する抗がん剤治療、あとは痛ければ痛み止めを飲むといった程度だ。「食事など生活面でどのようなことに注意すればいいですか」と聞くと、「特にありません」とのことだった。

二〇〇〇年一月中旬、初めての抗がん剤治療のため病院に行く。血液検査などを経て、外科外来診察室に入った。高木先生が「体調はどう?」と聞く。私は「いいです」とだけ簡単に答えた。腹部の傷やおなかの膨らみなどを触診で確認し、先生は「順調だね」と言う。そして、腹部のカテーテルに注射器でシスプラチンを注入した。なぜか左肩が痛かった。十秒程度で終わった。

抗がん剤投与後、姉の家に行き、昼飯を食べて横になった。その後、完全に眠りについていたが突然の吐き気で目が覚めて、トイレに駆け込んだ。それから数時間、激しい嘔吐に襲われた。ちなみに私はよく二日酔いで朝方に吐く。何度も吐く。言ってみれば二日酔いのベテランだ。二日酔いは、苦しみながらも「自業自得だ」「その分、前の晩、楽しんだんだからしょうがない」と思える。

しかし、抗がん剤の気持ち悪さ、苦しさは〝しらふ〟であるために別格だった。精神的にも「俺が何をした」「がんになって、さらなる仕打ちかよ」という気持ちになった。当初から、高木先生は腹膜中皮腫には治療法がないので念のためにシスプラチンを使うと言っていた。効くかどうかわからないのにこんなに苦しくて、残り少ない人生を無駄にするのは嫌だと思った。

そして、姉に言った。「抗がん剤治療はもうしないと高木先生に伝えてくれ」。姉も高木先生も快諾してくれた。彼らも「シスプラチンは効かない」と十分に承知していたからであろう。

これによって、抗がん剤治療を中止し、以後経過観察のみとなった。

死を受容する

十八歳で上京し、三十三歳、男、一人暮らし。中小企業ながら某精密機器製造会社に十三年務めて管理職にもなって、やっと社会的な立場もできたのに……、あと一年しか生きられない。

そんな余命宣告を予期していたのか、がんの可能性を指摘されていた検査のころから「自分は何をしてきたか」「自分は何がしたいか」「何をすべきなのだろう」と自問自答していた。私は、高校時代あまり勉強をしなかった。大学にも行かなかった。もう一度、学生をして勉強をしてみたいという気持ちがあった。余命一年と宣告された時、学校に行くことを選択した。

退院後すぐの二〇〇〇年一月中旬、東京都江東区亀戸にある東京都立亀戸技術専門学校（以下亀校）電子計算機科（一年コース）の見学に行った。職業訓練校なら、在学中は失業給付金が受け取れるので生活に困ることもないだろうと判断した。

二月に筆記試験と面接を受け、三月に合格し、十三年間勤務した会社に退職届を出した。この時、結婚することや家族を持つことなど一般的な社会人としての生き方をあきらめた。

この学校は、一九九八年に公開された山田洋二監督の映画「学校Ⅲ」で舞台になった学校である。大竹しのぶが演じる主人公が乳がんを患いながらも、正社員として働くための資格を取るというストーリーだ。私は余命一年、リミットは二〇〇〇年十二月二十四日。この学校在学中に「死を迎える」自分と重ね合わせ、運命的なものを感じた。

また、故郷の友人に連絡を取り、久しぶりに再会した。「もうすぐみんなと会えなくなるので集まりを開こう」とクラス同窓会（約三十名出席）、その後、学年同窓会（約一五〇名出席）までした。そして「がんを発症し、余命がない」ことをスピーチで告白した。

今思えば、余命なんてことを言われても、みんなはかける言葉がないだろうから黙っておけばよかったと思う。数年後、ゴルフ場で同級生に会った時「あれ、おまえ死んだんじゃなかったの?」と声を掛けられた時には、本当に黙っておけばよかったと後悔した。

生き続けるための闘い

様々な死の準備と共に、「どうしたら生き続けることができるだろうか」ということも模索した。インターネットでがんについての情報を収集し、必要であればコンタクトを取った。

まず目を引いたのは「ガンの患者学研究所」というサイトだった。早速連絡を取り、神奈川県川崎市で行われている集会に参加した。亀校時代なので二〇〇〇年ごろである。

東急田園都市線たまプラーザ駅で降りて、近隣の公園内の集会場に行った。川竹文夫さんという方が主宰されており、自身が一九九〇年に右腎臓がんを発症され、腎臓の全摘手術を受けられていた。

NHKのディレクターをされていた川竹さんは、現役時代の一九九三年、自分の体験をもとにがんを治した人たちの体験談を集め、「人間はなぜ治るのか」という番組を作り、放送された。

その番組内には、がんの自然退縮という信じられない形で治って、すっかり元気になっただけでなく、がんになる以前よりも心身ともに健康で幸せな人生を送っている〝元患者さん〟たちが出演していた。そして、川竹さんはこれらの人たちに共通するものは何だろうかということを探った。まずは、〝ファイティングスピリッツ〟、絶対にがんなんかでは死なないという「強い心」があること。そして、いわゆる西洋医学の三大療法(外科手術・抗がん剤治療・放射線治療)だけに依存せず、食事療法などの代替医療を活用していることに着眼し、検証、分析をし、最適なものは何かを導き出そうとされていた。

現代の西洋医学による三大療法は、どうしても身体を弱めてしまう。一時的、緊急避難的に利用するにはいいかも知れないが、根本的な治療にはならない。

しかし、どんながんでも、必ず治るのである。がんは主として〝自分の心〟が作り出す。心に正しい変化を与え、生活習慣と食習慣を変えれば、自らが持つ自然治癒力でがんは必ず治る。そのように説かれていた。

集会では、がんになる原因や心の持ち方、それを治すための代替療法について話された。実践レベルでの指導もあった。玄米をどのように炊くとおいしく食べられるのか。また、呼吸法の練習でヨガの先生が「丹田《たんでん》呼吸法」を指導してくれた。丹田呼吸法とは、おなかのへその下あたりにある丹田を意識して行う呼吸法である。


特に、興味深かったのはがん患者の心の状態と生存率の関係の話だった。イギリスのグレアーという人による研究結果ということだった。

患者の病気に対する立ち向かい方で四グループに分ける。A：闘争心のある人　B：病気を否定した人　C：冷静に受容した人　D：絶望感を持った人。

その中で、生存率が高い順に、A、B、C、Dとなったのだ。Aの十三年生存率は七十六％、一方Dの四年生存率は十五％ということだった。(『病院に行かずに「治す」がん療法』P21　船瀬俊介　花伝社)

その時、自分はCタイプだなと思った。十年生存率二十％程度のグループだ。なんとか、闘争心のあるAグループになろうと決意し、「中皮腫では死なない」を闘病のキャッチコピーにした。

このグレアーの研究結果に関しては、後日グレアーの弟子たちにより再解析がなされ、A～Cに関しては大きな違いがないということがわかった。現在では、この研究結果は生きることに絶望さえしなければ「自分らしくがんと向き合えばよい」という結論として用いられている（『がんでも、なぜか長生きする人の「心」の共通点』P51　保坂隆　朝日新聞出版）。

その後、何回か集まりに参加し、いろいろと学んだ。当時、この会はまだ発足したばかりで十分な人数もいなかったため、直接川竹さんとお話をすることができた。ある時、川竹さんを含め、数人で昼食に行った。私が「中皮腫というがんは長生きしている人がほとんどいないようです」と不安を漏らすと、「大丈夫、前例がないなら栗田さんが一人目になればいい」と言ってくださり、励みになった。

また、こんな意味のこともおっしゃった。マイナスのイメージを払拭するため、がんで死んでしまうドラマや小説などは避けた方がいい。なぜなら、心の同調による悪影響が出るからだ。つまり、自分の将来と重ねることで悪いイメージ像ができるからだと。

昨今では芸能人の闘病記、ブログなどが評判になっているがあまり深入りすると〝かわいそう〟〝怖い〟、時には〝苦しい状況でもがんばってる姿を見て元気をもらった〟なんて表現しつつも、自分も最後はあのようになるのかとイメージしてしまう。それよりも、がんを克服して元気になった人、がんと共生しながらも明るく生活している人の経験に触れ、良いイメージを持った方がいい。君子危うきに近寄らずだ。

ある時、川竹さんから、がんの長期生存者の聞き取りをしたいのだが、手伝ってもらえないかと依頼を受けた。ぜひ、やってみたいと快諾した。しかし、実際にはがん患者の聞き取りといっても、相手方が話したがらないのが現実だ。連絡を取ってアポを入れようとしてもしばしば断られてしまい、ついそのまま放置状態になり、やがて会にも顔を出しにくくなってしまった。今でも、申し訳なく思っている。

私は結局、この会には入会しなかったが、これまで闘病してきた中で一番の影響を受けた。「免疫力を高めれば自然治癒力でがんは絶対に治る」と心から思っている。しかし、思いは根底にあるだけで、なかなか実践していけないのだが……。

現在、「ガンの患者学研究所」は大きな組織になっている。特に説得力があるのは、この会に参加している人の多くが実際に治った人たちだということだ。今後とも、がんばってほしい。

生きることを楽しむために

先に触れたが、二〇〇〇年四月に亀校に入校した。電子計算機科（一年コース）だ。この学校に通うため、それまで住んでいた東京都国分寺市から千葉県松戸市の北小金駅付近に転居した。全く新しい土地に住み、学生生活という夢を実現させた。いわゆる転地療法である。

このクラスは、COBOLというプログラム言語を学ぶクラスだ。主に企業の事務処理などに使われる言語で、当時においても古い言語とされており、今さらこんなのを学んでどうするの？　という感じだった。ただ、二〇一八年現在において日本及び世界でCOBOLによるシステムは稼働しており、COBOLを扱えるプログラマーやSE（システムエンジニア）は希少価値となっている。

入校式があり、教室に生徒たちが集まった。クラスは約三十人。みんな若い！　子どもみたいだ。このクラスの受講要件は、おおむね三十歳以下となっているので、三十三歳の私はぎりぎりだった。高校を卒業したばかりの十八歳が何人もいた。平均年齢は二十三歳くらいだろうか。私は、最年長者だった。

クラスの担任は、三十代後半の細身で小柄な男性だ。他に各教科の担当講師がいる。担任になる人は東京都職員、各教科の講師は臨時職員である。

亀校には、電子計算機科のほかに、ビル管理科、電気工事科、電気設備科、木工技術科、ＯＡパソコン科などがあり、十～六十代、失業者、新卒者、主婦などが入り混じっていた。中国人も多数いて、科を超えた中華ネットワークができていた。

授業は、月曜日から金曜日、朝九～十六時三十分だ。念願の電車通学、この歳になって初めて電車の定期券を持つことができた。

朝、七時。自宅を出て、常磐線北小金駅から各駅停車で北千住駅（二十三分）に着き、北千住駅で乗り換え東武浅草線で曳舟駅（九分）、曳舟駅から東武亀戸線で亀戸水神駅（五分）。そこから徒歩で学校へ。トータルで一時間程度だった。

毎朝八時過ぎ、亀戸水神駅前の喫茶店に立ち寄る。老夫婦が切り盛りしており、建物も古く何十年もここで商売している感じだ。お客さんも少なくのんびりした空間である。いつも注文するのはモーニングセット三〇〇円。内容は、コーヒー、トースト、ゆで卵。添えられているミルクと砂糖は「要りません」と言う。一年間ほぼ毎朝行くのに、おじいさんとおばあさんはいつもミルクと砂糖を持ってきてくれて「要りません」と言うのが日課だった。

ゆっくり食事をして、日本経済新聞を読む。時間がある時は亀戸中央公園内を歩き中川河川敷を散策する。公園内では、季節ごとに花が咲き、特に五月の藤の花はきれいだった。その後九時、授業に出席。

授業はＣＯＢＯＬの講義がメインだが、それに付随してアセンブラ、Ｃ言語、簿記、コンピュータ基礎なども学んだ。
若い人に負けじとがんばって勉強した。授業では与えられた課題に対してプログラムを作成し、コンパイル（実行）して正しく出力されればＯＫとなる。社会経験豊かなおじさんが、ぼやぼやプログラミングしていたらバカにされてしまうと思い、いつもダッシュで作るのだが、コンピュータオタクの級友松本君は早い。また、中国人の季さんは日本語がよくわからない（授業は日本語）にもかかわらず、プログラムを作るのは早かった。この二人に負けまいといつもがんばっていた。

昼休みは、亀戸中央公園の野球場に行き十人くらいで野球をした。野球をするのは中学生以来十八年ぶりで本当に楽しかった。しかし、数ヶ月したある日、公園の管理人から「勝手に使用するな」と注意を受け、野球部は解散となった。

時々、教室の授業以外に課外授業があった。これも楽しみの一つだ。例えば、有明の東京ビックサイトで展示会見学があると、帰りはみんなでその周辺で食事をし、カラオケをして帰る。また、葛西臨海公園の時は、自動車で乗り合わせて集合し、帰りはドライブをするなど楽しんだ。ある日、亀戸七丁目交差点で信号無視の疑いで白バイに追跡、停止させられた。級友たちを乗せたまま長い協議の末、違反キップを切られることなく白バイ警官と快く握手し、交通安全の誓いを新たにした。

金曜日の夜は毎週のように飲み会やマージャンを楽しんだ。マージャンは、平井に住んでいた梅田君の家で行った。彼は二十五歳、一人暮らしで、実家は房総半島の方だったと記憶している。やはり、コンピュータとアニメオタクでコミケ（コミックなどの同人誌即売会）というイベントに出店していると言っていた。あとのメンバーは、元営業マンの澤田さんとコンピュータオタクの松本君だ。マージャンは高校生以来なので十五年ぶりで、思わず「マージャン牌をさわれるだけで幸せ！」と叫んでしまった。病気のことも忘れて、よく徹マンをしていた。

パチンコにもはまった。はじめはやりたくなかったのだが、マージャンメンバーの澤田さんと松本君の圧力に負けてはじめてしまった。学校生活後半には、のめりこみ過ぎてしまい、授業が終わると一目散にパチンコ屋に走り、閉店近くまで打っていた。パチンコ屋のイベントのある日は、授業をさぼってパチンコをした。勝てば楽しかったが、残念ながら負けて悔しかったことの方が多い。

亀校時代は、その他にもショートコースゴルフ、ビリヤード、ボーリング、スキー、野球観戦、卒業旅行、おいしいものを食べ歩くとか、楽しいことがたくさんあった。

後に触れるが、私は十九歳から二十五歳までクリスチャンとして宗教活動に没頭していた。日本社会がバブル景気の一九八五年から一九九一年のころだ。日々宗教活動に追われ、娯楽どころかテレビすら持っていなかった。チョー貧乏でお金もなかった。いわゆる禁欲生活であった。

もしも、突然の死を迎えていたら、こんな楽しい亀校生活をすることはなかった。がんで余命を告げられるって、そんなに悪いことではないなと思った。

映画やテレビドラマで、死んでしまった人がこの世に悔いが残り成仏できずにいたところ、何らかの力によって蘇り、他人の体に入ったりしてこの世でやり残したことを果たし成仏する、といった物語があるが、私はこの手のストーリーが好きだ。余命宣告は、まさにこのストーリーを生きたまま行える絶好のチャンスなのだ。私は「失われた青春を取り戻す」という貴重な体験をした。

ただ、勉強の方は入校当初はがんばっていたが、最終的には遊ぶことにかまけてしまい何も残らなかった。「初級システムアドミニストレーター」という資格を取っただけ。もともと、勉強が嫌いだったのだろう。今度再発しても、勉強のために学校に行こうとはもう二度と思わない。

マージャンメンバーには「俺はがん患者で命はもうない。Xデーは次のクリスマスイブだ。それまで人生を楽しませてもらうよ」と入校当初に告白した。彼らも、私の命の短いことを知り、一生懸命に協力してくれた。

しかし、Xデー二〇〇〇年十二月二十四日が近づくにつれて、私は違和感を感じた。死にそうな雰囲気がないからだ。運命の日は、マージャンメンバーと居酒屋で飲んで終わってしまった。

2 健康診断による早期発見

会社の健康診断に感謝する

あっけないXデーを迎えてしまった。「ガンの患者学研究所」の教えの通り、心の持ち方を攻撃的にしたのが功を奏したのか？　楽しく過ごしていたのがよかったのか？　確かなことはわからない。ただ、予後が比較的いいのはがんの発見時に起因するのだと思う。

そもそも、私の腹膜中皮腫はどのようにして発見されたのか？　一九九八年七月の会社の健康診断の時、胃部レントゲン（バリウム検査）を行った。映し出された胃部に一部窪みがあり、その部分に影が認められた。医師から「最近身体の調子はどうですか」と聞かれ、「特に問題はない」と答えた。

翌年、一九九九年七月の健康診断でも同様に影が認められ、医師から「最近身体の調子はどうですか」と同じことを聞かれ、「特に問題はない」と同じように答えた。しかし「二年連続で影があるので、念のため精密検査をしましょう」と勧められた。

一九九九年九月、自宅近くの東京都立府中病院で精密検査を受けた。健康診断の画像の影について、「これはがんですか？」と聞いた。医師は「この大きさのがんがあったら、今ごろ血を吐いてるよ」と言った。「それはそうだろう、ゴルフボールくらいだから……」と思った。念のためCT検査と胃カメラ検査を行った。検査結果に不安はなかった。体調はいたっていい。十一月に検査結果を聞きに行く。

待合室で待っていると「栗田さーん」と名前を呼ばれ診察室に入った。医師に「こんにちは」と言った。医師の様子は平常だったが、CT画像と検査報告を見たとたん顔色が変わった。「この先生、今初めて画像を見たな」とわかった。いきなり結論から言われた。

医師：「腫瘍がある。二週間後、手術をする」
本人：「すみません、がんなんですか？」
医師：「そうです」
本人：「悪性ですか？」
医師：「たぶんそうです」
本人：「会社は休まなければ、ならないんですか？」

医師：「そうです」
本人：「ちょっと待ってください、こちらにも準備があるので」
医師：「じゃあ、来週もう一度来てください。その時、手術のスケジュールを決めましょう」

府中病院を出た後、すぐに静岡県立総合病院に電話した。姉がその病院の看護師だからだ。姉を呼び出して「今、東京の病院でがんで手術するように言われたんだけど」と言った。「紹介状を持って、すぐこっちに転院してきな」と言われた。

すぐ、府中病院の窓口に戻って、「栗田ですが、担当の先生お願いします」と言った。すると窓口の看護師は「病棟の回診に行っているので無理です。来週の診察まで待ってください」と言う。「今から三十分前に、がんと診断されて二週間後に手術だと言われて自分でも困ってるんです。親族の働いている病院に転院の手続きを取りたいので紹介状を書いてもらいたいんです。あなたにとっては、私は窓口に来たただの患者でしかないのかも知れない。でも、私は自分の命がかかっているので、今すぐ取り次いでほしい」と訴えた。

その看護師は、その医師と連絡を取ってくれ「明日、十二時ごろに来てください。紹介状と画像を準備しておきます」と言った。

すぐに、紹介状と画像を持って静岡県立総合病院に行った。十一月下旬、検査入院をすることになった。改めて、CT検査、MRI検査、胃カメラ検査などを行った。検査結果は、最大五㎝程度の腫瘍が複数、房のように繋がっていることはわかるが、何なのかはわからない。良性なのか悪性なのか、どこにあるかもわからない。良性であっても、これだけ大きければ結局切るしかない、ということになった。

医師の機転、手術の中断！

一九九九年十二月十五日。第一回開腹手術を行う。手術中のことは後日、高木先生から聞いたことだ。開腹すると高木先生たちも見たことのないものだった。腹膜播種《はしゅ》、白い大きな腫瘍。手術を中断し、腫瘍の一部を術中迅速病理診断に出して、すぐに中皮腫と判断した。そして、病院の図書室に行って対応を考えた。しかし、症例が少なく適切な対応の情報はなかったらしい……。

二〇一八年現在でも、腹膜中皮腫の標準治療法は存在しない。せいぜい、胸膜中皮腫に対して「右へならえ」程度の治療法だ。症例も少なく認知度も低かった一九九九年の時点でどのように考えられたのだろう。主治医がどのように治療方法を判断したのかはわからないが、腫瘍切除、腹膜切除と腹腔内化学療法が選択された。結果、最大径五㎝〜最小径あずき豆程度、合計約四十個の腫瘍を切除。小さな腫瘍は一つ一つ取ることが困難だったため、腹膜ごと約二kg切除された。腹腔内に抗がん剤シスプラチンが直接投与された。そして後日シスプラチンを直接腹部に注入できるようにカテーテルが設置された。

後日、確定診断の病理検査結果には「びまん性上皮型悪性中皮腫の比較的早期とみなすべきと考えられる」と記載されていた。腹膜中皮腫は見つかってから、大抵一年以内に亡くなる方が多い。しかし、私の場合、多くの症例から判断して早期に発見できたことが、長期生存の一因だったように思う。

それに加え、最近でこそ腹膜中皮腫患者に対する腹膜切除手術ということを聞くようになったが、播種のある部分の腹膜を切除したということもその後の再発を遅らせることができた要因だと思う。

そうしたことを考えると、ちょっと高価な健康診断をしてくれた会社、検査で見つけてくれた医師、手術を執刀された高木先生たちに本当に感謝しなければならない。

「中皮腫」とはどんな病気か

肺や心臓などの胸部の臓器や、胃腸、肝臓などの腹部の臓器は、胸膜、心膜、腹膜と呼ばれる膜に包まれている。この薄い膜には、「中皮細胞」が並んでおり、この中皮細胞から発生するがんを「中皮腫」という。

中皮腫はアスベストを曝露《ばくろ》（吸い込む）することによって発症する悪性腫瘍である。曝露してから二十〜四十年の潜伏期間があり、長い間自覚症状がなく、突然の息切れや痛み、腹部膨満感などにより病気がわかり、平均して一年程度の予後しかない。そのため、アスベストは「静かなる時限爆弾」と呼ばれる。

中皮腫は非常に病理診断の難しい病気でもある。それは、その多様性にある。患者によっては中皮腫と診断されるのに数ヶ月、数年かかったという事例もある。

『石綿関連疾患の病理とそのリスクコミュニケーション』（二〇一五年版　篠原出版社）をもとに整理すると以下のようである。

A．発生部位

①胸膜　②腹膜　③心膜　④精巣鞘膜《しょうまく》

B．肉眼的特徴

①びまん型　②限局型

C．組織学的特徴

①上皮型　②肉腫型　③二相型　④繊維形成型

D．特殊型中皮腫

①高分化型乳頭状中皮腫

②限局性悪性中皮腫
③多嚢胞性中皮腫
④アデノマトイド型中皮腫
⑤淡明細胞型中皮腫
⑥脱落模様中皮腫
⑦多形型中皮腫
⑧小細胞型中皮腫
⑨異種成分を含む中皮腫
⑩リンパ組織球様中皮腫
⑪繊維系生成中皮腫
⑫粘液気質型中皮腫

E．病理病期

①胸膜　ステージⅠ～Ⅳ
②胸膜以外はステージ判定はない

発生部位は、胸膜が約八十％で圧倒的に多く、腹膜が約二十％、その他に心膜および精巣鞘膜などの発生がある。肉眼的特徴は、びまん型と限局型があり、びまん型は小腫瘤が膜に沿って増殖するが、限局型は特定の箇所に固まって出来ている。限局型はびまん型と比較し予後がいい。

組織学的特徴では、上皮型、肉腫型、二相型（上皮と肉腫混合）、繊維形成型があり、上皮型が最も発生頻度が高く、肉腫型は比較的少ないが予後が非常に悪いとされている。

その他に、病理学的に特殊型中皮腫が存在する。病理病期に関しては、胸膜中皮腫はステージ判定の基準が明確になっているが、それ以外の部位の中皮腫に関して判定基準はない。

腹膜中皮腫の場合、初発症状は主に腹部膨満感あるいは腹痛である。しかし、私の場合は何の症状もなく、会社の健康診断の画像により早期に発見された。まさに幸運であった。


腹膜中皮腫の主な治療法は、外科手術、抗がん剤治療、放射線療法がある。いわゆる三大療法である。外科手術は、腫瘍を肉眼的に切除するので一定の効果があり、治癒を目的とすることができる。放射線治療は、あまり実績がないようであるが腫瘍浸潤《しんじゅん》の予防効果があるとされている。

抗がん剤治療については、二〇〇七年一月に承認された「アリムタ+シスプラチン」の併用療法は胸膜中皮腫に関してエビデンス（根拠）があり標準治療として確立されている。ただ、治療目標は根治ではなく、腫瘍の縮小、もしくは現状維持と言われている。しかし、その抗がん剤ですら腹膜中皮腫については標準治療として認められておらず、胸膜中皮腫に準じて行われている。つまり、腹膜中皮腫の場合、外科手術のみが有望な治療方法のようである。


アスベスト曝露による病気は中皮腫のほか、アスベスト肺がん、アスベスト肺、アスベスト胸膜炎、びまん性胸膜肥厚などがあり、おおむね肺に影響を与え呼吸器疾患などを起こすことが多い。腹膜に中皮腫が発生する理由についてはあまりよくわかっていないようである。

3　がん患者として社会復帰

就職活動

余命一年宣告を受け、二〇〇〇年十二月二十四日のＸデーはクリアしたが闘いはこれからだった。二〇〇一年三月には亀校を卒業し失業給付金は打ち切りになった。本当の失業者になってしまった。この一年間、自由気ままな生活を送ったため、蓄えが大きく減少した。このままでは生活が困窮することは目に見えていた。

職業訓練校には、各企業から求人情報が集まってくる。電子計算機科にはプログラマーの求人が多い。数ヶ所の企業の面接を受けたがことごとく落ちた。職種がプログラマーなので、三十四歳という年齢が障壁なのだろう。若者たちは次々と内定を取っていた。結局、私は卒業までに就職内定を取ることができなかった。

年齢はさておき、がん患者が就職活動をすることは難しいと実感した。まず病気について雇用者側に明示するべきなのかどうか。「私はがん患者です」と言ったら、相当高い確率で落とされることだろう。自分自身、前職で就職面接を行う立場だったが、健康に問題のない人を優先的に採用するのは当然のことだ。突然欠勤されても困るし、ましてや体調不良のためすぐに退職されてしまうのでは仕事が回らなくなり自分たちが困る。

しかし、病気のことを伏せておいたら後に問題になる可能性がある。例えば、雇用時健康診断の記録や履歴書に「既往症なし」と書けば文書偽造と判断されかねない。また、どうして最初に言ってくれなかったのかと雇用者との信頼関係にヒビが入ることもある。

その他にも不安があった。自分に仕事をするだけの体力はあるのだろうか。新しい仕事、新しい人間関係のストレスに対処することができるだろうか。欠勤が多くなれば周りに迷惑も掛かるし、自分を精神的に追い込むことになる。そうした、ストレスが再発を誘発しないだろうか。余命一年の延長線上にいるのだから心配は絶えない。

とりあえず、自分はどんな仕事をしたいのだろうかと考えた。以前の仕事は、作業着で自動車通勤するという気楽なものだった。とりあえず、学校を卒業したんだから新卒らしく「都心にスーツを着て電車で通いたい」と思った。

卒業して間もない二〇〇一年三月、ハローワークに行って求人情報を調べた。プログラマーは無理だが、できれば亀校の経験を活かしたいと思っていたので情報管理系の仕事を探した。すると職種はヘルプデスク、仕事内容は小規模ネットワークの運用管理、必要な資格は初級システムアドミニストレーター（亀校の時、唯一の取得資格）とぴったりの求人情報があった。早速、応募のために履歴書と経歴書を送り、連絡待ちとなった。

まだ就職活動をはじめたばかりだったので連絡が来るまで、旅に出ることを計画した。自動車で一般道をダラダラ走る気ままな旅である。千葉県発、実家のある静岡県経由、親戚のいる淡路島をめざす旅だ。ちょうど桜のきれいな時期で、春風を受けながら「生きてるっていいな」と思った。

京都御所の桜の写真を撮っている時、携帯電話が鳴った。面接の日取りの連絡だ。「来週の〇曜日はどうですか？」と言われたが、まだ旅の往路で淡路島にもついていない。「再来週でお願いします」と言った。「そうですか。そうしたら他業務の面接と一緒になりますが」と言われた。面接日が決まった。その後、淡路島でひと時を楽しみ千葉県に戻った。

二〇〇一年四月。面接は東京都千代田区神田のN社だ。一次面接は人事担当者二名によるもので集団面接。自分を含め五人だったが他の四名は若い女性だった。図書館の仕事がどうのこうのという話が出て、内容がよくわからず聞いていたが、それは女性の職種の話だった。N社の会社概要などを聞かせるために参加させたようだった。

すぐに二次面接。今度は当該部署の担当者によるもので、求人はこの部署からのものだった。ここからが本番だ。

「前の会社は、どうして辞めたんですか？」

「はい、コンピュータに関心があり、スキルアップするために職業訓練校の電子計算機科で学ぼうと思い、退職しました」

「でも、前の会社、十三年もいて係長でしょ。もったいなかったんじゃない？」

「そうですね。でもやりたいことを優先しました」

「求人票のヘルプデスクだけど、それは女性に決まってしまったんだよね。ただ、男性にもやってもらいたい仕事もあるんだけど、それは力仕事もあるし、分厚い報告書などを作るのに残業もやってもらうけど、どうかな？」

「体力には自信もありますし、前職でも徹夜はいとわずしてましたから大丈夫です」

「初級システムアドミニストレーターの資格は、職業訓練校時代に取ったんだね。学校の勉強は役に立った？」

「はっきり言って、ほとんど役に立ちませんでした。ただ、就職する時、窓口として学校を通すと有利かと思って。多くの生徒がプログラマーとして就職しました。ただ、自分はプログラマーになるには歳を取りすぎていたので、今就職活動をしています（笑）」
「この履歴書の特技欄、笑っちゃったよ。こんなの初めてだね」
特技欄には「長時間自動車を運転したり、歩いたりすることに苦痛を感じない」と書いた。とにかく、がんばります！　といった就職活動だった。

幸いN社に情報管理コンサルタントとして就職が決まった。結局、病気のことは隠したまま再就職した。コンサルタントといっても、営業、企画、作業、顧客対応、社内調整など、要するに全部自分で行う泥臭くて忙しい仕事だった。

楽しいけど……このままでは死ぬな

入社当初の主な仕事は、国土交通省の資料整理業務だった。国土交通省の出先機関である各地の道路事務所、河川事務所には工事や維持管理関係の書類、例えば決裁文書、設計書、設計図、調査報告書、管理記録などが大量に存在し、それが執務室や倉庫に山積みにされている。職員は、日常業務が多忙であり、とりわけ年度末などにはそれらの書類をきちんと整理することが困難である。年度切り替えには人事異動があったりするのでなおのことだ。

そのような執務室や倉庫に散在する文書を私たちN社が整理し、ナンバーリングし、職員が日常業務で使えるようデータベースを作成する。例えば、検索システムに「○○川スーパー堤防工事」と入力すると、それに関連した文書一覧が表示され、各文書の所在が「A倉庫　棚番号二十　段数四」のようにわかるような仕組みにするのである。さらにそのデータベースを加工して情報公開法にもとづく行政文書ファイル管理簿のリストを作成したりもした。

　このように表現するときれいな仕事のように感じると思う。しかし、人がめったに入らないような汚い倉庫を掃除し、何年もほこりをかぶった物品や文書の要るものと要らないものを整理し、文書棚の掃除と再整理、文書情報の書き出し、パソコン入力など、すべて人海戦術で行っていく。とにかく3K、「きつい」「汚い」「危険」……、特に危険はなかったので「帰れない」仕事だった。

　経験を積んでいくと、その他にも文書管理に関することは何でも行うということで、民間企業の社内サーバーのデータをどのように管理するかとか、また電子決裁システム導入のコンサルタントをしたりもした。

　クボタショック（後述）のころと記憶しているが、大手不動産会社の文書管理の委託業務をしていた。顧客からマンションにアスベストを使用しているかの問い合わせがあったのだろう、その不動産会社から「○○マンション図面、設計図などの関係書類を出してほしい、アスベストが使われているか確認をしたい」という要請があり、関係文書を探したりした。

　通常でも一〇〇時間程度の残業で、年度末の繁忙期には徹夜は当然、残業二〇〇時間は当たり前という状態だった。やりがいはあり、楽しかった。「自分に合う仕事だな」と思った。しかし、三年後の二〇〇四年四月、再発し二回目の開腹手術をすることになった。

　その後、のんびり休んでいられないので四ヶ月休職して復職した。しかし、忙しさは変わらず。「あ〜あ、このままでは死ぬな」と思った。

4　石綿健康被害救済法の制定と認定

「中皮腫・アスベスト疾患・患者と家族の会」について

長い間、「中皮腫・アスベスト疾患・患者と家族の会」ってどんな組織？　と思っていた。特に調べることもなく何となく入会し、会費だけは納めていた。改めて調べてみた。

遡ること三十年余、石綿（アスベスト）の健康被害、環境破壊についていち早く察知し、一九八七年十一月に市民団体と労働組合が連携して「石綿対策全国連絡会議」が結成された。主に労災申請の支援、行政への働きかけ、石綿の危険性の情報発信などの活動がなされてきた。

二〇〇〇年ごろには、中皮腫をはじめとするアスベスト関連疾患の患者とそれに悩む家族が増えてきた。二〇〇二年には、村山武彦早稲田大学教授（当時）らが「わが国における悪性胸膜中皮腫死亡数の将来予測」を発表し、今後四十年にわたり男性の中皮腫死亡者が十万人におよぶだろうと予測された。こうした状況に対処するため、アスベスト問題に特化した組織「中皮腫・じん肺・アスベストセンター」が二〇〇三年に設立され、労災支援、既存石綿の問題、関連法律、裁判などのアスベストにかかわる幅広い問題を取り扱うようになった。さらに、その翌二〇〇四年には、アスベスト疾患の患者と家族のケアを重点的に行うことの必要性から「中皮腫・アスベスト疾患・患者と家族の会」が設立された（以下「患者と家族の会」）。

「患者と家族の会」の主な目的は、以下の通りである。

①病気になった患者と家族同士の交流の場を作る。

② 原因を明らかにすることを通じ、補償・救済制度の適用を支援する。
③ 患者と家族がおかれている実情を十分調査し、医療関係者や行政関係者、関連企業へその声を伝え、誠意ある対応を求めていく。

この方針の流れの中で、クボタショック（後述）への対応、石綿健康被害救済法の制定に向けて世の中が動いていくことになる（会の十年記念誌『明日をつなぐ出会い』より）。

石綿健康被害救済法の制定へ

私は、病気になっての早い時期、二〇〇〇年ごろには中皮腫とアスベストが関係していることを知っていた。たぶんインターネットで調べていたのだろう。

そのことについて、二〇〇一年ごろ、亀戸にある東京労働安全衛生センターに問い合わせをした記憶がある。前職で六年間、研磨機械工として超硬合金の研磨作業をしていた。その時は、一日中超硬合金の粉塵を吸っていた。「アスベストを吸った記憶はないが、超硬合金の粉塵が中皮腫の原因になりますか？」と質問した。「超硬合金の粉塵は中皮腫に関係ないと思う。しかし、中皮腫と診断されているなら詳しい先生がいるので一度来てみませんか？」と言われたが、アスベストに関わったことなどないし、つい面倒だったのでそのままにしてしまった。

二〇〇四年二月、「患者と家族の会」が発足した。それから数ヶ月し、その情報を知り、会員になった。初めて自分以外の中皮腫患者と出会ったが、みな胸膜中皮腫の人たちで酸素を吸入したり、呼吸が苦しそうな人ばかりで、中皮腫という病気の恐ろしさを感じた瞬間だった。腹膜中皮腫患者に出会うことはなかった。

そのころ、集まりに行くと、兵庫県尼崎市にある大手機械メーカー・クボタの旧工場周辺住民に中皮腫患者が複数確認されており、「患者と家族の会」の古川和子さんらが周辺での聞き込み調査を行ってさらなる患者の掘り起こしがされているという話を聞くようになった。しばらくすると、その動きが新聞報道（二〇〇五年六月二十九日　毎日新聞）され大きな社会現象として、いわゆる「クボタショック」と言われるようになり、国をも動かす大きな問題へと発展した。

その後、石綿健康被害救済法の制定にむけて省庁交渉が行われるようになり、私も傍聴という形で参加した。役人は、会の質問や要望に対して明確な回答を避けながら「検討する」「持ち帰って」ということを繰り返す。そうした回答に業を煮やして、会側が大きな声で役人に詰め寄ったりしていた。交渉が終わった後も、あちこちで会の支援者たちが役人に詰め寄ったりしていた。その時、ある女性が私のところに来て「あなた方がすぐに動かないから、患者が苦しんでいる。早く対応しなさい！」と言ってきた。私がスーツ姿で出席していたため役人と思ったのだろう。「私は中皮腫患者です」と言うと「あらそう、ごめんなさい」と。失礼だなと思った（笑）。でも、そのくらいの勢いで窮状を訴えていたのである。

救済法の制定が近づくと、いわゆる〝ザル法〟ではないかと言われはじめた。クボタショックのピークも過ぎ、世論が関心をなくしている雰囲気があった。ある時の省庁交渉の後、マスコミを入れた記者会見が行われ、患者が病気の苦しみを訴え、より充実した補償と速やかな法律制定を要望したと記憶している。

この会見の終盤に、会の支援者が「（クボタショックの時と比較して）マスコミがちゃんと取り上げないから、世間が関心を示さない。だからこんな法律になるんだ。おまえら、ちゃんと仕事しろよ！　患者の苦しみを取り上げろよ！」とマスコミに向けて怒号を浴びせているのを見て圧倒された。マスコミは、ドン引きしているように見えたが……。

でも、会の世話人たち、サポートする職員たちは何人もの患者と悲しむ家族の話を聞き、患者を看取り、遺族の悲しみを受け止めてきたのだ。だから、こんなに怒りが激しいんだと思った。

その後、国会周辺でのデモ行進にも行った。テレビでも大々的に取り扱われた。私の仕事の客先には、国土交通省や内閣府などが含まれていたので、上司に「アスベスト交渉をするのに霞が関の合同庁舎に行きますが、テレビとかに映ったらまずいですか？」と聞いた記憶がある。

当初、会は国に対し、すべての被害者に対して「平等な補償」ということで、非労働者であっても「労災並みの補償」を要望していた。

そんな時、会に朗報があった。二〇〇五年十一月二十六日に当時の環境大臣小池百合子氏が尼崎で患者と家族に面談。小池大臣は、いわゆる小泉郵政選挙（衆議院議員選挙）において兵庫選挙区から東京選挙区に鞍替え出馬する時に「風が止まったら自分で走って風を起こせ、それでも駄目なら崖から飛び降りて風を起こす」と言って当選し、環境大臣に就任した。古川さんはそれを引いて「今日は崖から飛び降りる決意で来ていらっしゃいますか」と尋ねた。「非労働者」であっても「労災補償と同等の補償」をという要望に小池大臣は「できるだけ工夫する」と答え、帰り際には患者と家族に「飛び下りますからね」と声を掛け、参加者は大きな期待を持った。

しかし、三日後に公表された「石綿による健康被害の救済に関する法律（仮称）案大綱」は、「患者と家族の会」の声を聴いたものではない不十分で、低水準なものであった。二〇〇六年一月二十七日、衆議院環境委員会の審議過程で「崖から飛び降りますからね」と患者と家族に語ったことを確認する質問に小池大臣は「そんなこと言っていませんよー」と答えている（会発行の『明日をください』P84参照）。

結局、二〇〇六年三月に施行された「石綿による健康被害の救済に関する法律」は「速やかな救済」の名のもとに「平等な補償」とは程遠いものとなってしまった。

「認定」について

「患者と家族の会」の数年間にわたる活動を通して、二〇〇六年三月に石綿健康被害救済法が施行され、三月二十日に申請受付が始まった。この時、申請月の翌月から療養手当の支払開始ということであったため、迅速に対応することが求められた。後で述べるように、会の運動によって、現行では、基準日（療養開始日または、その日が申請日の三年前の日前である場合は、申請日の三年前の日）の属する月の翌月分にさかのぼって支給されるようになっている。

私も「患者と家族の会」の事務局、ひらの亀戸ひまわり診療所（以下「ひまわり診療所」）の名取雄司先生の助言をもらいつつ、ただちに決められた手順に従い申請書と添付資料を提出した。ちなみにひまわり診療所は、アスベスト被害など特殊な疾病に積極的に対応されている。時間のかかる病理診断書は、静岡県立総合病院に作成を依頼し五月に追加提出した。申請書の提出先は、環境省が所管する独立行政法人「環境再生保全機構」である。

十月になると「追加・補足資料提出のお願い」が送られてきた。認定に戸惑っているのだろうかと心配になった。この認定を行っているのは、環境省中央環境審議会石綿健康被害判定部会石綿健康被害判定小委員会である。毎月のように認定の結果について環境省のホームページで公開されており、不認定も少なからずあった。

追加・補足する資料とは、「免疫染色を行ったものを含めた全ての病理標本、組織ブロック、ＣＥＡなどの中皮腫の場合に陰性となる抗体（腺がんを除外するために用いる抗体）による免疫染色結果、臨床経過など」「中皮腫の診断の確からしさを担保する資料」だった。そして、もし必要であれば環境再生保全機構が病院に対して、これらの資料を代行で請求することもできるのでその場合には「承諾書」を提出するということであった。どうしたらいいのか？　この時もひまわり診療所の名取先生の助言をもらい、代行請求の承諾書を提出することにした。

それ以降も、環境省のホームページで小委員会の判定結果をいつもチェックし、「認定されないかなぁ」と首を長くして待った。それにしても時間がかかり過ぎると感じた。翌二〇〇七年三月、申請を出してから一年後に認定を受けた。ザル法とはいえ、これまで何もないところに療養手当支給や医療費無償になったことは助かった。

なぜ認定にそんなに時間がかかったのか？　それを知りたいと思い、環境省に対して個人情報開示請求をした。環境省の情報公開サイトから請求用紙をダウンロードし、様式に従って記入する。開示請求する情報は「石綿救済給付、決定に伴う中央環境審議会の石綿健康被害判定部会の議事録。対象会議は栗田英司本人の判定に関するもの。受給番号〇〇〇〇」と記入すればよい。会議時の各委員の発言を知り、何にそんなにこだわったのか、なぜ難渋したのかを知ることができた。

議事録によると四回の会議にかけられていた。初期の段階では免疫染色などのデータ不足を指摘されていた。それに加え、「三十九歳の若い男性」「腹膜中皮腫で七年というのはちょっと……」、組織標本やCT画像からは「中皮腫でこんなの見たことない」「中皮腫でこんなのがあると言われたら、本当にそうかなと疑ってしまう」とある。そして、「貴重例カテゴリーに入れて」「おそらく石綿との関連が薄いのではないか」と発言されていた。

「免疫染色はばっちりなので、総合的には中皮腫で」「今回の法律の趣旨は、こういう腹膜の中皮腫も救済対象なのですよね」「おなかの中皮腫は石綿との関連が薄いものも入ってしまうのですが、多分年間数人でしょう。今の規定では否定できないということですね」「では○と整理させていただきます」。認定はされたが、私の中皮腫の原因をアスベストではないかのように取り扱うこの議事録には腹が立った。ただ長く生存し、予後がいいというだけでアスベストが原因であることを否定するつもりなのだろうか。世界基準では、中皮腫はアスベストが原因というのが定説である（石綿の健康影響の評価に関するヘルシンキ国際会議　ヘルシンキクライテリア二〇一四年度版参照）。

ところが、日本の医学関係の本を見ると中皮腫の原因の八割がアスベストで、二割は他の原因があるという説明を最近よく目にするようになった。それらの著者は、この委員会に関係している医師も含まれている。中皮腫の原因がアスベスト以外にもあるという世論の認識ができてしまうのではないかと危惧している。

石綿健康被害救済法は施行後五年以内に見直しと条文に明記されている。しかし、二〇〇六年の施行後すぐに「患者と家族の会」が不十分な補償であると抗議した。各政党がそれぞれの改正案を提出し国会で議論された。私の関心事は療養手当と医療費請求権が現行法では〝申請時から発生〟、私の場合二〇〇六年三月になるのだが、自民党案は申請時から〝三年遡及〟、民主党案は〝二年遡及〟できるというものであった。すぐさま、当時の民主党のこの問題を扱っていた田島一成議員（面識はない）にメールをした。「民主党は普段から、コンクリートから人へといったメッセージを流しているが、自民党案より患者にやさしくない法案を作っているのはなぜか」と質問した。すぐに翌日、ご本人から丁寧な返信メールをいただいた。「この度は、先に改正案原案を民主党が提起しました。後追いで自民党が改正案に着手し、三年という期間が盛り込まれました。民主党もその三年に合わせるように検討しております」そして最後に「ご自愛ください」という内容だった。ちなみに当時石綿問題の先頭に立っていた自民党議員にも患者の窮状を訴え、改正案を通してほしいとメールをしたが何の返事もなかった。

五年後の見直しを待たず、二年後の二〇〇八年十二月に改正施行された。それにより、請求期間が最大三年遡及して医療費自己負担分、療養手当の追加支給を受けることができた。私の場合、二〇〇三年三月からの適用となった。細かい話だが、最初に手術を受けた一九九九年十二月～二〇〇三年二月の四年三ヶ月分は対象とならなかった。

5　二度目の社会復帰

がん患者として二度目の就職活動

二回目の手術から三年七ヶ月後の二〇〇七年十二月、三回目の手術。今回は六ヶ月休職したが、結局、二〇〇八年六月にN社を退職した。四十一歳の時である。

八年間の勤務だったが二回目の手術で四ヶ月休職し、都合十ヶ月は休職したことになる。休職をしていると、いつ復職するか、できるのかという見えない圧力があった。会社はそんなことは何も言ってこなかったし、むしろいつまでも休んでいいとさえ言ってくれていた。しかし、自分で自分に圧力をかけてしまうのだろう。

石綿健康被害救済法の療養手当と健康保険の傷病手当を合わせれば、月々の収入面では不安がないから退職して十分に療養しようと思った。再就職する時は、療養手当があるから今より年収が低くなってもストレスの少ない楽な仕事にしようと思った。その時は「救済法様々だ」と高を括っていた。
しかし、後日実感するが、長期生存し体調も悪く、仕事ができなくなった時、貯蓄はなくなるし収入のめどもなくなる。そのような場合は、療養手当月十万円では男一人暮らしでもやっていくことができない。ましてや若い大黒柱が療養手当のみなら一家は飢え死にしてしまう。

そんな折の二〇〇八年九月にリーマンショックが起きた。元の職場は、元気になればいつでも戻ってくればいいと言ってくれていたが、日本の景気はどん底になり、そんな話は消えてしまった。
再就職活動は困難になった。製造メーカーなどの事務関係に応募してみたが、ほとんど駄目だった。ガテン系(ブルーカラーの仕事)に履歴書を出しても返送される。面接にたどり着くことさえできなかった。その他、調布飛行場から飛行機で飛び立って航空写真を撮る仕事、東京湾に潜って地形調査をする仕事なども検討したが、もう少し現実に目を向けることにし、探偵事務所と介護タクシーに履歴書を送付し、面接日が決まった。

そんな折、〝中皮腫患者の困難な生活実態〟を調査されていた聖路加国際大学看護学部の長松康子先生のインタビュー調査を受けた。私のような中皮腫患者がどんな苦労をしているかということを聞きたかったのだと思うが、その当時、私は特に患者として苦労しているという自覚がなく、むしろ就職が決まらないため、その苦労話をしてしまったようである。先生に余計なお気遣いをさせただろうと申し訳なく感じた。事実、その調査報告となる二〇一二年「ヒューマン・ケア研究」第二号「胸膜中皮腫患者のたどる経過と直面する困難」には私の事例はなかった。

二〇〇九年七月、介護タクシーのM社に面接に行った。前職を退職してから一年ちょっとのブランクがあった。この期間をどのように説明するかが今回の就職活動の課題であった。

面接が始まり、M社の理念を聞き、この社長なら病気のことを話しても大丈夫だろうと思い、包み隠さず話した。社長は私の立場を理解し、採用してくれた。

探偵事務所の面接日も決まっていたが、長時間の張り込みや調査報告書の作成などで神経を使いそうで、がんを悪化させてしまう可能性がある。場合によっては文字通り〝殺されてしまう〟かも知れない。そう考え、探偵事務所の面接は断ることにした。

がん患者にとって働きやすい職種とは

二〇〇九年九月、介護タクシードライバーとして社会復帰した。まずは費用会社負担で、教習所へ通い、約八日で普通二種免許を取得した。その後、タクシー乗務員証の登録手続きをし、研修期間を経て乗務することになる。入社一年後、やはり費用を会社負担で介護ヘルパー二級を取得した。

勤務形態は、一般的なタクシー会社は隔日勤務（丸一日出勤して丸一日休みの繰り返し）だが、M社の場合は一日を二交代制にし、昼勤務（六時〜十六時）、夜勤務（十八時〜四時）としている。

仕事内容は、駅待ち、流し、会社からの無線による仕事と、ごく普通のタクシー業務である。タクシー業務は仕事の継続性がなく、一日仕事をすればそれでクローズし、翌日に持ち越すことがない。他の人と連携して仕事をすることもなく、会社に対して売上げの約半分を支払っている自営業のようなものだ。

長く続けていると、その単調さにつまらなさを感じることはある。また、酔っぱらい客とトラブルになったり、料金を払わず乗り逃げされて警察を呼んだりすることもある。タクシー料金が高いと苦情を言う客は多い。降車時に転んで怪我をする人もいて、自力で立ち上がってくれるならいいが、意識不明になった客もいて、二回、救急車を呼んだことがある。

介護ヘルパー二級を取得したが「介護タクシー」は一切やらなかった。たぶん会社側から性格的にムリと判断されたのだと思う。自分も心からそう思う（笑）。いろいろと問題はあるにせよ、総じてタクシーはストレスが少ない仕事である。

月日が流れ、前回手術から七年後の二〇一四年十二月、また再発。四回目の開腹手術を行った。この時は、腹部の腫瘍を含め、肝臓に転移していたため肝臓を握りこぶし大切除した。会社も六ヶ月休職することとなった。

休職中に実感したことがある。タクシーという仕事は、一般の仕事と比較し、仕事内容に継続性がないので他の人に引継ぎをする必要がないし、代わりがいくらでもいる。したがって、会社からの復帰の圧力を大きく感じることもなく、失業したわけでもなく、復帰が容易というのは療養にとって非常にいいことである。

6　死生観を考える

こころの内なる治癒力について

私が小学校五年生の時に、母親（当時三十九歳）を手術中の医療ミスにより亡くしている。そのころから人の命や人生の意味について考えるようになり、様々な宗教を調べたりした。十八歳のころ、聖書に惹かれ勉強をするようになった。その後、クリスチャンとして洗礼を受け、その活動を広めるために当時就職したばかりの大手電機メーカーを退職。しばらくは、精密機器製造会社にフリーターとして生活費程度を稼ぎながら宗教活動に没頭した。親族や友人からはバッシングを受けた。

神を信じ、熱心に活動し、仲間との交流からも励みを受け、人生の充実感を味わっていた。しかし、教義が厳しいこと、布教活動や聖書研究に忙しいことが関係しているのか定かではないが、この組織にはいわゆる〝うつ〟の人が多かった。

私は、責任ある立場で活動していたので、そんな人たちの話を聞いたり、お世話することが多く、時間の経過とともに自分も精神的に落ち込んでいった。批判を恐れずに言うなら「うつは伝染する」。「こころの同調」によるものだろう。二十代前半でまだ若かったせいもあり、自分を防御することもせず人と交流することで自らも〝うつ状態〟となり、精神科を受診したこともある。

こころと身体の不調は、順調な活動を不活発にするだけでなく、自分自身とその周りの人々を様々な問題に巻き込んでいく。十九歳から二十五歳という人生のこの大切な七年という期間を宗教活動に捧げてきて、ここへきて信仰を捨てることは自分の人生を否定することと同じであり、口惜しさが残った。

信仰がなくなったわけではなかった。その教えには「永遠の命」という概念があり、信仰から離れることは「死」を意味していた。生か死かという選択でもあった。結局、私は神から離れて結果的には「死」を選んだ。立ち直るのに数年を要した。

立ち直るための助けになったのは、一冊の本と一つの言葉との出会いだった。その本は、『人は変われる〔大人のこころ〕のターニングポイント』（三五館）で精神科医高橋和巳先生の著書だ。

この本では、大人のこころへと発達するには「古い解釈」を捨て「新しい解釈」を持つことが必要であり、そのためには三つの能力が必要であるという。

①「自分から離れることができる能力」
②「絶望することができる能力」
③「純粋性を感じる能力」

これらの能力をそれぞれの場面で活用することで「大人のこころ」へと発達し、主観性を持ち、様々な状況に対応できるようになるという。このプロセスこそ「こころの治癒力」だ。

「こころの内なる治癒力は、現実との整合性を失い、現実を解釈する力を失った古い解釈を壊す。これは、免疫機構が侵入した細菌やウィルスや体内に発生したがん細胞を破壊するのと同じである。（中略）身体が自分を修復する機構を持っているように、こころは自分を高めていく力を持っている。こころの内なる治癒力と身体の治癒力である免疫機構とは、ともに私たちが発達させた精巧な機構である。この二つの機構は生まれつき私たちに備わっている」（本書P97、98）。

もう一つ助けになった言葉は、ニッポン放送テレホン人生相談、加藤諦三先生（当時早稲田大学教授）の冒頭の言葉だ。

「変えられる事は、変える努力をしましょう。変えられない事は、そのまま受け入れましょう。起きてしまった事を嘆いているよりも、これから出来る事を考えましょう」

とてもシンプルだ。でも、私にとって人生のほとんどの問題を解決してくれる珠玉の言葉である。加藤先生の著書は数十冊読んだが、この言葉が一番のお気に入りである。

私は、霊的（精神的）な死を経験したが、〝こころの治癒力〟により復活した。社会復帰し、人並みの社会人として生活をはじめた。宗教活動のためフリーターだった精密機器製造会社で正社員として働きはじめ、数年で係長に昇進し、順調に人生をやり直しはじめた。

しかし、こころの治癒から数年後、今度は、物理的な死である腹膜中皮腫の「余命宣告」を受けた。でも、絶望することはなかった。命に関する絶望はもう数年間も味わったからだ。今日まで十八年間、中皮腫で死ぬということで涙したことは一度もない。

がんになってしまったことは、「変えられない事は、そのまま受け入れましょう」と思った。そして「これからできる事柄を考え」ればよいと思った。

輸血拒否について

私が信仰していた宗教団体では、聖書の「血を食べてはならない」という教えに基づき、血抜きしていない動物を食したり、血を飲んだりすることを禁じていた。医療に関係することでは、輸血をしてはならない、血液を使用した血液製剤も使用してはならなかった。これは、憲法の「信教の自由」に基づく権利で、当時は絶対的な権利として主張することができた。

一九八五年には、交通事故にあった子どもに対して親が輸血を拒否したため死亡する事件があった。その他、数件の類似の事件があり、「輸血拒否事件」として世間を騒がせた。

現在どのようにこの問題に対処しているかは、すでに信仰から離れているのでわからないが、当時の状況ということで話をしてみたい。私は教える立場にいたので、自分自身に対してはもちろん、他の人たちにも、この問題に以下のように対応するように伝えた。

まず、手術などの医療行為を受ける時、私たちは医師がどのような治療をしようとしているのかを十分に聞くようにした。インフォームドコンセント、すなわち「十分な説明を受け、理解し、納得した上での合意」をするようにした。その合意とは、どんなことがあっても「輸血をしない」という「信仰上の理由」があることを医師に伝え、受け入れてもらうことで初めて成り立つものであった。

事前に手術をすることがわかっている時は、医師にその意思を伝えて、輸血拒否同意書を作成し、輸血をしなかった場合のいかなる状況に対しても医師に対して一切の責任を問わないことを誓約していた。輸血はもちろん、血液製剤も拒否の対象である。ただ、血液を使っていない輸液については積極的に用いるようにお願いをした。こうした要請に対して、受け入れてくれない医師もいる。その場合、何度も話し合い、合意形成を図るよう努力する。しかし、合意できなくて転院を余儀なくされる場合も少なからずあった。

対応が難しいのは、突然の事故で輸血せざるを得ない状況になった場合である。この場合、「輸血拒否カード」というものを絶えず携行するように指導した。カードには「自らの意思で輸血を拒否する」旨を明記した。

輸血拒否の是非に関してはさておき、この時に私は、医療は自分の信条や判断に基づき選択する権利があるということを「命がけ」で学んだ。この宗教団体はアメリカが母体のため、そのような権利意識への啓蒙が日本より早かったのであろう。日本では、ようやく一九九七年の医療法改正で医師に対してインフォームドコンセントが義務付けられ、以後浸透している。

私は、いつもインフォームドコンセントを意識し、医師から治療方針や内容を聞き、できるだけ自分の意向を伝え、お互いの同意を得るようにしている。

例えば、四回の手術すべてで輸血しないようにお願いしてきた。これは、信仰上の理由ではなく、感染症の危険性を考えてのことだ。誓約書のようなものを書いてもいいと言うのだが、医師からは輸血するような手術ではないから書かなくていいと言われ、話はそれで終わってしまうのだが……。余談だが、二〇一八年になって静岡県立総合病院のホームページに「輸血拒否の対応について」という項目ができ、「絶対的無輸血を誓約する免責証明書等に署名・捺印はいたしません」と書かれており、言い出しにくい環境になってしまった。

また、手術中に腹腔内に抗がん剤を投与するのはやめてほしいとお願いしている。第一、二回目の手術時に抗がん剤を投与したため術後の回復が思わしくなかったからである。二〇一五年以降、肺と肝臓への転移が認められたため、アリムタ＋シスプラチンの抗がん剤治療を勧められているが断っている。石綿健康被害救済法の認定を受けているので医療費は無償なのだが、「タダでもしたくない」という判断だ。治療に関しては、主治医である静岡県立総合病院の高木先生には私の信条を取り入れてもらっているので結果がどうなっても「しょうがない」と覚悟はできている。信条のためなら死をも辞さない頑固さは宗教活動期にできたのかも知れない。〝転びバテレン〟だけどね（笑）。

登山はこころをリセットする

小学生のころ、実家の裏山である梶原山《かじわらやま》や一本松、大内の観音さん（霊山寺《れいざんじ》）によく登った。三〇〇mくらいの山で登山というほどのものではないが、山頂から富士山、伊豆半島、駿河湾、日本平、清水や静岡の街並み、竜爪山《りゅうそうざん》、南アルプス南部を眺めることができる美しい場所だ。特に南アルプス方向の山並みを見ると、その向こうには何があるのだろうと思いを馳せ、頭の中にはいつも、一九七八年のヒット曲ゴダイゴの「ガンダーラ」が流れていた。

登山を本格的にはじめたのは一九九二年の夏、北アルプス穂高岳に登った時からだ。キリスト教から離れてすぐのころだ。東京に住んでいた私が静岡に帰省した時、実家の兄と話をする中で「今度北アルプスに行ってみよう」ということになった。二人とも全くの初心者で、装備も持っていなかった。二ヶ月くらい時間があったので、お互いが用意し、穂高岳二泊三日に出かけて行った。

それをきっかけに、一人で奥多摩、八ヶ岳を主なフィールドにして山登りをした。夏には兄と合流し、ちょっとハードな山に挑戦した。基本的なスタイルは〝縦走テント泊〟で、何日も重いザックを背負って山の尾根をズルズルと歩き続けるというものだ。それでも最近は、登山用品の軽量化がすすみ、五日間くらいでも二十kg程度に抑えることができる。

重い荷物を背負って黙々と歩く。頭の中では過去、現在、未来、仕事、友人、家族、自分のことをあれこれと考えている。きれいな景色があるとそれに気を取られ、今考えていたことを忘れてしまう。テント場にいる時も、ただ酒を飲んで、ボーッと景色を眺め、あれこれ考えを巡らせている。本当にムダな時間だ、でも、心地がいい。

特に北アルプス穂高岳付近の山に登るのが好きで、山頂から見る景色が好きだ。『超火山「槍・穂高岳」』（原山智　山本明　山と渓谷社）によると、岩稜がとがっているのはまだ若い土地である証拠、地層や小石混じりの岩があるってことはかつて巨大なカルデラ湖の底だったたこと、巨大なカルデラ湖があったということは巨大火山の噴火があったということ、地層が傾いているのは隆起などの大きな力が働いて歪められたためだ。壮大な地球の歴史を物語っている。時間が経てば浸食で丸い形をした山になるのだろうけれど、自分が登ったこの三十年間では小石一つ変わっていないように見える。

高山植物や、動物にしても本当に長い歴史と物語を持っているのだ。ほんの少しの人生のつまづきをしたくらいで悩んでいるこの自分が馬鹿らしく思えてくる。

二十代後半の〝こころの治癒力〟による精神の回復期には、のめり込むようにして登った。それまで傾けていた宗教への情熱を登山という形で吐き出していたのかも知れない。人に推奨するわけではないが、そんな過去があるので、がんに対する〝身体の治癒力〟を上げる時、自分にとって登山は最良の方法なのである。

そんなゆっくりとした登山をしているので全体的にペースが遅い。したがって、山の会には所属しているが、ペースが合わないことが多く、他人と山に行くことが大変苦手である。

介護について

二〇〇九年に入社したタクシー会社M社は、入社後介護ヘルパー二級の資格取得を義務づけており、例にもれず私も取得した。研修には介護施設の実地訓練が含まれており、認知症患者の施設やデイサービスの現場にも行った。初めて、老人介護の実態に接してショックを受けた。

見た感じ聡明なおばあちゃんが「あなたどこから来たの」と聞いてくるので「松戸からです」と返事をする。「そうなの、遠くて大変ね……。それで、あなたどこから来たの?」と再度聞いてくる。また、かわいらしいおばあちゃんが「私何も食べさせてもらってないの、食べさせて」、でも今食べてるじゃないですかと……。屈強なおじいちゃんが若い女性ヘルパーを平手打ちして、ヘルパーが大泣きをしている。その傍らで先輩ヘルパーが泣いているヘルパーの肩を抱き「しょうがないよね」と慰めている。おじいちゃんは、その後、私にも因縁をつけてきた。ベテランヘルパーは、「昔嫌いだった人と似てたりすると絡んでくるんだよね。顔を合わせないように気を付けて」と言った。

私はタクシードライバーとして老年者、障害者、認知症の人たちとも接しているが、本人も大変だろうが親族も苦労している。「命」の問題は、人によって考え方が違うので一概に「これが正しい」とは言えないが、しかし、多くの人が望んでいるように自分もできれば「ピンピンコロリ」がいいなと感じる。そのためには死に時、死に際を意識して、日々勇気を持って死を受け入れる覚悟が必要だ。

私の父親は二〇一一年九月、七十一歳で、車いす生活、要介護状態になった。ずっと腰が痛い、腰が痛いと言っていたが医者に行かなかった。そしてある日、自宅で動けなくなった。脊柱管狭窄症を悪化させ、持病の糖尿病などが重なり、化膿性椎体炎を悪化させて、敗血症性ショックを起こしたのだ。そして、脊髄損傷を起こして、下半身まひで車いす生活となった。

一年以上寝たきりのような状態だったが、持ち前の根性とリハビリの効果もあり、自宅玄関の階段五段を手すりにつかまって降りたり、セニアカー（電動車いす）に乗って一人で外出することもできるようになった。夏になると、姉の嫁ぎ先が梨農家なのだが、梨の販売を手伝うくらい元気になった。もともと人と接したり話をしたりするのが好きで、地域の活動には積極的に参加し、よいムードメーカー、世話係をしていた。

その後、さらに糖尿病が悪化し、高血圧、腎不全、狭心症、肺……と様々なところに問題が出てきた。たくさんの薬を常用していたので、その副作用もあったのではないか、徐々に体調が悪くなってきていた。訪問看護、訪問介護、デイサービスなどをフル活用して自宅で過ごした。

しかし、元々はいい人なのだが、長期にわたる体調不良と痛みの伴う介護生活は、その人の悪い部分を前面に押し出す、いや人格を変えてしまうのだろう。やがて、ヘルパーに暴言を吐いたり、療養における約束事を守らなくなった。例えば、糖尿病治療をしているので甘いものは禁止されているのだが、お見舞いに来た人に対して「医者から解禁された」とアンパンを買わせたりする。また、携帯電話で、コンビニに電話してアンパンを配達させたり、近所の友人にヘルパーなどが行うべき仕事を頼んだりしていた。それが、家族やヘルパー、ケアマネなどに知れて、問い詰めると嘘の上塗り、暴言を吐いたりする。

そんな状態を見かね、かつ自分のバケットリスト（生きているうちにやっておきたいことをまとめたリスト）の実行を兼ねて、二〇一六年十一月三日、父親の七十六歳の誕生日に合わせて、兵庫県の明石に旅行に出かけた。車いす生活になって初めての旅行だ（概要は後述）。

その後、さらに体調を崩し二〇一七年一月に介護施設に入居したが、すぐに私と同じ静岡県立総合病院に入院した。糖尿が悪化し、透析の必要性も出てきた。本人は「もうやらなくていい」と初めは言っていたのだが、体調が悪くなり、一度透析を実施した。そうすると身体が楽になったせいか「身体が温かいうちはどんな治療でもしてくれ」と言うようになり、先生たちもがぜんやる気になったようだ。そして厳しい食事制限が課せられるようになる。

するとまた、飴が食べたい、アンパン食べたいが始まり、なだめる看護師に対してナースコールボタンを投げつけたり、大声で怒鳴ったり、泣き落としをしたりと大変だった。たまりかねた医師も一日十個のミルキー（飴）を許可した。ベッドの隣にはミルキーとノートが置いてあり、食べるたびに「正」の字を看護師が書いて管理していた。

しかし、見舞いに来た人に、再び「食事制限はないよ」とか「食事制限が解除された」とだましてアンパンを買いに行かせたりした。私も一度だまされ、飴やら大福を買ってしまった。

また、知り合いの入院患者のところから芋けんぴを仕入れて隠し持っていたこともあった。看護師が芋けんぴを発見したが、ベッドの中で抱え込んで離そうとしない。仕方なく看護師はその病院で働く私の姉に連絡し、姉が出動し取り上げるということもあった。

ある時、甘いものが食べたいとあまりに騒ぐ父親に私は「自分で治療を選択したんでしょ。もし治療をやめるならいくらでも食べていいんだよ」と言った。本当に治療をやめればいいのにと思った。

姉いわく、病院の電子カルテには「アメ、芋けんぴ、厳禁！　守らなかったらミルキーも取り上げ」と大きい字で書いてあったそうだ。

体調が悪く痛みも強い状況、介護されるような状況が長く続くと、人は変わってしまうのだろうか？　または、もともとあった悪い面が強く出てしまうのだろうか？

つくづく、父親は死に時を逸してしまったんだなと思った。死に時は、自分では選べないけど、大枠の方向性を選ぶことはできると思うが……。


突然の事故や病気などで介護される立場になってしまうのは仕方ないとして、がんのように緩やかな問題は考える時間がある（現実は早急な判断を求められるが、急ぐ必要はない）。

治療のための手術、抗がん剤治療、放射線治療などで長期間、体調不良のまま過ごす状況になるかも知れない。場合によっては回復せず、そのまま寝たきりになり介護生活……。人が亡くなる時は、ある期間、寝たきりになるのはしょうがない。しかし、身体の活力、精神の健全性を奪われる可能性のある治療はできるだけ選択しないようにしようと思う。

また、病院のベッドにつながれて生きていかなくてはならない状況などある一定の条件になった場合、「尊厳死」の選択ができるようになればいいと思っている。

7　手術後の過ごし方

注射が苦手、MRI、PETは閉所恐怖症で入れない

ここまで「死を覚悟し、受け入れる」などと偉そうなことを書いてきた。しかし、私は採血で過去二回倒れたことがある。血液検査用は三本なので三十ccくらいなのだが、まだ若い時は、男として血を取られる時はそれを見届けるべきであろうなどと考えて、注射針が刺さるところから、血がたまっていく様子、針が抜かれる一部始終をじっと見ていた。するとスッと倒れてしまったのだ。今では、採血前に「私は採血が苦手です。お手柔らかに」と宣言し、採血の時には後ろを見るようにしている。

私が医療行為の中でもっとも苦手としているのが、麻酔のために背中に打つ注射（硬膜外麻酔）だ。四回手術をしているが、手術後の痛みや苦しみなどよりも、この注射が嫌で手術をしたくないと言っても過言ではない。

手術台の上で横向きになり、海老のように体を丸くして、背中を消毒し、背中を触りながら背骨の隙間を探し、位置を決めてから痛み止めの注射をぐいぐい押すように刺す。これが、気持ちが悪いし、痛いで、とにかく毎回大騒ぎをする。この注射の後、マスクをつけて眠らされる。

一回目の手術の時、ただただすごく痛くて嫌な経験だったと記憶している。二回目の手術時は、麻酔科の先生に「我慢しろ！　お前、見城の弟だろ！」（見城は当病院で働く姉）と言われながら意識を失っていった。三回目の時には、看護師が「顔色が真っ白になっています。中止しますか」と言い、主治医が「大丈夫、続けて」と言っている時に意識を失った。四回目の時には、主治医が「痛い？」と聞いてきたので「痛

くないけど､痛いです!」と答えると「しょうがないね､我慢するしかないね」と言っているのを聞いて、しばらくして意識を失った。本当に硬膜外麻酔は、どうにかならないものか。マスクの麻酔で意識を失わせた後、注射を打てばいいのにと思う。

二〇〇七年（三回目の手術）のMRI検査の時に、突然、閉所恐怖症の症状がでた。機械の中にはマイクがあるので普通に話せば聞こえるはずなのだが、騒いだり暴れたりしても、検査技師に気づいてもらえず、途中で息絶えて検査は無事終了したということがあった。二〇一四年（四回目の手術）のMRI検査は全くダメだった。グイーンと音のする穴の中に頭から入れられると、顔が入った瞬間に足をバタバタさせて「出してくれー」となってしまう。仕方なく足から入れて、顔を出した状態で、腹部を撮影した。「頭部に転移したらダメだね」なんて嫌味を最後に言われた。

その経験以来、あの空間のあるCTもダメになってしまった。CTの時は「私は閉所恐怖症です。涼しければ大丈夫なので､服を脱がせてください。可能なら部屋の温度を下げてください」とお願いしている。さらに造影剤を使う時には「私は注射が苦手なので､お手柔らかにお願いします」と追加願いをしている。「変なおじさん」と思われているかも知れない。病院の電子カルテには「見城の弟」「閉所恐怖症」のようなことが書かれてあるらしく、父親の時のことも含めて、もしかしたら姉に迷惑がかかっていないかと心配である。

この十八年間で五十回は優に超えるCT検査、MRIにしても五回以上の検査をしているのだが、慣れるのではなく、ダメになっていく方向に進んでいる。最近では、MRI、PET検査をしなくなっているので、もしかしたら主治医が配慮してくれているのかも知れない。

このように、人並み以上に医療行為を苦手としているのに、四回も手術、度重なる検査をさせられているという現実を考えてみると、病気にはなるもんじゃないと思う。

手術後の計画をたてる

大嫌いな医療行為を考えていても前向きな気持ちになることができない。そこで、手術の前にはいつも「手術後には何をするか」ということを考えるようにしている。

一回目の手術の時には、手術前からがんの可能性を考慮に入れ、退院後、職業訓練校に入校することを計画した。手術後には病室に中学数学、国語、英語の参考書を持ち込んで勉強していた。十二月二十四日にがん余命一年宣告を受けても、一月は見学会、二月は受験の目標に向けてすぐに始動できた。入校すれば夢の学園生活ができると。そして実現した。

手術後五ヶ月のゴールデンウイークには八ヶ岳に登った。腰痛コルセットを腹に巻いて傷口を保護し、テントの入った二十kg程度のザックを背負った。ゆっくり、ゆっくり歩き出したのを覚えている。

二回目の手術前には、北海道に行くことを考えていた。北海道は自称〝第二の故郷〟である。なぜなら、チョー貧乏なクリスチャン時代、富良野に二回旅行で訪れ、伝道活動をした思い出深いところだったからである。二〇〇四年四月二十一日、二回目の手術をする。腹部を二十五cm切開したが、二回目となると慣れてくるのか余裕がある。北海道計画を現実のものとするため、手術の数日後、ｉｐｏｄで「ロッキーのテーマ」を聞きながら、ベッドの上で腹筋をする。痛いけれど、身体をねじりながら痛くないポイントを探し十回をめざす。元気が出てくると腕立て伏せをしたり、ヒンズースクワットをする。「生きてるぜ」って感じがする。

約二ヶ月後の六月十三～十七日にかけて八ヶ岳全山を縦走し、翌十八日七面山《しちめんさん》山行。自信をつけて、六月二十八日～七月二十日、北海道リハビリ登山を決行した。その後、八月二十三～二十八日、上高地―槍ヶ岳―北穂高―（ジャンダルム経由）西穂高岳縦走を行った。これら山行記録は、当時のまつど山翠会《さんすいかい》（山岳会）会報に投稿したので、その一部を［付］としてこの後に掲載する。当時のがん治療を意識しながら登っていた様子が書かれている。

三回目の手術は、二〇〇七年十二月六日。登山計画は八ヶ岳厳冬期登山と槍ヶ岳雪山登山である。入院中は前回と同様「ロッキーのテーマ」を聞きながらのリハビリ。退院してすぐの一月三日には足慣らしのため静岡県と山梨県の県境にあり、南アルプスに続く、安倍川流域の最高峰でもある標高二〇一四mの山伏《やんぶし》に日帰り登山をした。二月八～十日に八ヶ岳赤岳鉱泉にテント泊する。氷点下二十度くらいでとても寒かった。安全を考慮し、赤岳登山はせず硫黄岳に登ることにした。四月二十四～二十六日には槍ヶ岳に登った。雪が多く途中の槍沢を下る時には、シリセード（お尻で滑って降りてくること）をし、とても楽しかった。

四回目の手術は、二〇一四年十二月十二日。この時は、山行を考えず趣向を変えて神社巡りの計画を立てた。二月八～二十一日、伊勢神宮、熊野三山、高野山、出雲大社、厳島神社を巡った。それぞれの神社仏閣で、がん封じの願掛けをした。その後、リハビリ台湾ゴルフツアー、リハビリタイゴルフツアーを実行した。

手術前に楽しみを事前計画することで、本当に嫌な再発がん手術を一瞬にして楽しみな機会に変えることができるのである。五回目の手術も楽しみにしていた。その時は四国を一周する予定でいた。しかし、四回目の手術から一年五ヶ月後、二〇一六年四月、腹膜播種増大のため手術はもうできないと言われてしまった。本当に残念だった。

［付］リハビリ登山の山行記録（まつど山翠会会報より）

①二〇〇四年六月十三〜十七日　八ヶ岳全山縦走

術後五十三日目のリハビリ山行　権現岳→赤岳→天狗岳→北横岳→蓼科山

十三日　天女山登山口七時〜十一時 権現岳〜十三時三十分 キレット小屋（泊）

十四日　起床六時　キレット小屋 八時〜十時 赤岳十一時〜十四時三十分 オーレン小屋（泊）

十五日　起床六時　オーレン小屋 八時〜十時 天狗岳十一時〜十四時三十分 青苔荘（泊）

十六日　起床五時　青苔荘七時〜（縞枯山、三ツ岳）〜十二時三十分 北横岳 十三時三十分〜（大岳）〜

　十五時三十分 双子池（泊）

十七日　起床四時　双子池六時〜九時 蓼科山〜十一時 蓼科山登山口（女神茶屋）

　バス：蓼科温泉プール平〜茅野駅　電車：茅野駅〜甲斐大泉駅

　タクシー：甲斐大泉駅　天女山登山口

術後、外を歩くことはほとんどなかった。ある日、天気がよかったので21世紀の森を散策したが思いのほか調子がよく、そのまま八柱から常盤平の桜通りを歩いた。五時間の散策だった。これなら、山も歩けるかもしれないと思い、慣れ親しんだフィールド、八ヶ岳に行くことにした。

体調のことを考え、荷物は最小限にし、四泊五日で二十kgを下回った。ザック、テント、シュラフなどの寝具、コッヘル、バーナー類、その他小物で十二kg。あとは食事と水と酒である。通常の山行ではなぜか一泊二日でも二十kgを超えてしまうが、真剣にやれば結構減らせるものだ。

初日。天女山から権現岳の高低差一二〇〇mを登ることができるか。つまり、荷物を背負って山を登る筋力と気力のテストだ。二十kgの荷物は術後の体にはきつく、筋力の衰えがあるのか膝が痛くなったが、腹の傷には影響はなかった。権現岳の頂上に立った時「また山に来ることができたな～」と思った。キレット小屋はまだ閉鎖されており、テント場を一人で独占することができた。

二日目。キレット小屋～赤岳～横岳の難所だ。普段は難所なんて大げさなものではないが、平衡感覚や筋力がどの程度回復しているかを確認することになる。赤岳～横岳のルートは今年の術前である二月の厳冬期に歩いているのでその時と比較しながら歩き、思い出に浸った。

三日目。体力的な問題に関しては自信を取り戻したが、酒とガスが切れかかっていた。下山しようかなと思ったが「掲示板がにぎやかだよ」とメールがあり、確認すると「ｋｕｒｉｃｈａｎ 復帰登山……」みたいなことが書かれており、下山できなくなった。

四日目。この日は行程が長かった。北横岳を三ツ岳経由で登ったが、「なんでこんな高い頂上付近に大きな岩が積み重なっているんだろう」と考えさせられるルートであった。北横岳から大岳、双子池のルートも同様である。岩の上を飛び跳ねるように歩いたので膝が痛くなってしまった。

五日目。三日目に酒を飲みつくしていた。双子池を出発した時は、食料は柿の種一袋であった。ここまでぴったりの食糧計画もなかなかできないものである。

今回の山行で体力的な回復を確認できたが、より大きな収穫があった。それは「思考のリハビリ」だ。山行中、主に自分の心配は駐車場に停めてあった新車のことである。甲斐大泉駅近くにある天女山駐車場は整備されているが山の中にあるので人気《ひとけ》がない。山中の車上荒らしが多くなっていると登山雑誌『山と渓谷』の特集にあったし、ナビとかＥＴＣなどのアクセサリーだけ持っていくやつもいるらしい……、自動車保険の前回の更新時に車両保険は除いちゃったしな……などと次から次へと心配の種が尽きない。しかし、ある時点を境に次のように考えるようになった。「自分はもう自動車の近くにいないのだから心配しても守ることはできない」「もし、盗難にあったり破損させられたなら実際に現場を確認してから対策を考えればよい」「心配ばかりしていたら今、この瞬間、目の前にある景色や体験を楽しむことができないではないか」。

人生も同様である。先々のことを考えるのは取り越し苦労であることが多い。わからないこと、自分に変えられないことを心配してもしょうがないことである。今できることに集中し、行い、達成感を得ることが「スッキリ」していることだと思う。

そんな五日間の〝リハビリ〟のおかげで、天女山から登る時は精神的に暗雲垂れ込める感じではあったが、蓼科山女神茶屋登山口に下山した時は〝気分爽快〟であった。

②二〇〇四年六月二十六日～七月二十日　北海道ぶらり旅（術後二ヶ月目）

単　独　行：利尻山、十勝岳～富良野岳～美瑛山、大雪山～トムラウシ
山岳会同行：羅臼岳～硫黄山、斜里岳、雌阿寒岳

〈編集者のことば〉

報告者は、術後のリハビリ休暇を利用して六月二十六日～七月二十日まで山に登ることを主な目的にフェリーで北海道に渡った。この間、七月二日から五日までは会のメンバーと羅臼岳→硫黄山、斜里岳、雌阿寒岳を登ったが、その他は単独で行動している。

〈報告者　栗田〉

がんの治療法の一つに「生きがい療法」というものがある。二〇〇〇年にはその一環として「がん克服日米合同富士登山」が行われた。細かいことはどうでもいいが、つまり山は心身ともにいいのである。

私は松戸でじっと空を見ていてもしょうがないと思い、心身にいい「山」に行くことにした。どうせなら梅雨のない北海道で、快適な静養を兼ねることにしようと思った。ちょうど、まつど山翠会の山行に北海道が計画されていたのでその計画に合流し、その他は成り行きに任せることにした。とりあえず北海道の百名山の資料だけはカバンに入れて大洗発のフェリーに乗った。北海道は十五年ぶり三回目である。苫小牧に着くとテンションが上がった。「生きがい療法」が功を奏しているなーと思った。

そのまま一路、利尻島に向かった。北海道には無料のキャンプ場やトイレ付駐車場が多い。そこは、道内や内地（本州）からの放浪の旅をする人たちの受け皿となっている。キャンピングカーやコールマン風の大型テントなどは海外の休日を連想させるが、場所によっては「ホームレス予備軍」のたまり場のようなところもある。しかし、おじさんの一人旅にとっては好都合で、不審者に思われることなく快適な旅の条件となった（これ以降の個々の山行報告は省略する）。

8　十七年間の生活費、救済法と労災の狭間で――

社会保障と公的扶助を活用する

友人たちから「お前、仕事してないのによく生きていけるな」と言われる。しかし、そんなことはない。よく働いている。この十七年間のうち、十三年六ヶ月（二〇一七年七月現在）は働いている。一方失業もしくは休職期間は約四年間である。ただ、四年間も無給で過ごすことは療養的にはよくないことである。その都度、できることを模索し隙間なく対応した。

〈社会保障〉

第一回手術後　期間一九九九年十二月～二〇〇〇年三月（四ヶ月）　傷病手当金（約七十五万円）
　　　　　　　期間二〇〇〇年四月～二〇〇一年四月（十三ヶ月）　失業給付金（約三五〇万円　職業訓練校時代）

第二回手術後　期間二〇〇四年四月～二〇〇四年九月（五ヶ月）　傷病手当金（約一二五万円）

第三回手術後　期間二〇〇七年十二月～二〇〇九年六月（十八ヶ月）　傷病手当金（約六一〇万円）
　　　　　　　期間二〇〇九年七月～二〇〇九年九月（三ヶ月）　失業給付金（約四十万円）

第四回手術後　期間二〇一四年十二月～二〇一五年六月（六ヶ月）　傷病手当金（約一一〇万円）

※傷病手当金合計九二〇万円　失業給付金合計三九〇万円

〈公的扶助〉

二〇〇六年四月以降　石綿健康被害救済法施行により療養手当金が月十万三八七〇円支給される。

※二〇一七年七月時点で合計約一七九〇万円（一四年五ヶ月分　遡及期間三年含む）

友人などにこれらの数字を見せると「随分支給されているなぁー」と言われる。しかし、社会保障については、サラリーマンであれば病気やけが、失業した時にはすべての人が適用される保障である。また、石綿健康被害救済法の療養手当については、「月十万三八七〇円（一日当たり約三四〇〇円）もらって、中皮腫なんて最強がんになる気ある？　いつも、いつ死ぬんだろうかって考えるんだよ」と聞き返せば、「それは、いやだ」と答える。これら金額が、高いか安いかは、各自の判断に任せる。

民間の生命保険にも加入しているが、手術と入院だけでは雀の涙ほどの保険金（四回の手術で合計約一四〇万円）しか支給されず頼りにならない。入院日数によって金額が決まるので、いつも「もう少し入院させてくれ」と主治医に頼むが、まったく取りあってもらえない。もっと手厚い保険に入っていればよかったかも知れないが、当時の保険としては一般的なものだった。しょうがない。

やはり一義的には、社会保障と公的扶助をどのように活用するかが大きなポイントになる。

個人の生活の中で危機管理というと大げさな気はするが、順調な時にこそ危機管理の準備はしておいた方がいい。失業したら雇用保険の失業給付、病気をして働けなくなったら健康保険の傷病手当金、仕事中にけがをしたら労災などなど、そのための要件（受給資格、支給金額、期間）などをある程度知っておき、自分をいつもその要件の下に置いておく必要がある。

また、予測不可能のことで困った場合、つまり急な出来事で自分の生活が立ちいかなくなった場合、一生懸命調べることである。自分にとって、初めてぶつかった問題でも世間の人々はとっくに経験している。いろいろと調べれば生きていくための道は見つかるものである。

例えば、一回目の手術から三ヶ月後、腹膜中皮腫は「まれな病気で治療方法も確立されていない」ということを知った。難病指定されているかも知れないと思い、立川市保健所に足を運んだことがあった。もちろん、中皮腫は難病指定されてはいなかったので空振りではあったが、調べる姿勢が大事だと思う。

また、先にも述べたが二〇〇〇年ごろ、インターネットで中皮腫の原因はアスベストであるという文献を見ていた。アスベストを取り扱ったことはなかったが、前職で超硬合金の研磨工として六年間作業し、その粉塵についてはかなり吸っていた。そこで、労災認定の可能性があると考えて、亀戸にある東京労働安全衛生センターに電話で問い合わせたことがあった。電話のみの対応だったが超硬合金粉塵と中皮腫の因果関係はないが、一度センターに来てみないかということだった。つい、そのままになってしまったが。

うまくいった事例もあった。第一回手術後、亀戸の職業訓練校に受験、入校する時には雇用保険と傷病手当金の関係が問題になった。職業訓練校に行くというのは雇用保険制度の一つなので、「働くことができる」というのが重要な要件である。健康保険の傷病手当金は休業補償なので「働くことができない」というのが重要な要件である。それゆえ、こちらとしては入校時までに、雇用保険の受給資格を取っておきたい。

では、学校の面接、試験時にはどのような状態にしておけばよいのだろうか？　まだ、会社も辞めていないので、いつ退職すればいいのかなど細かい〝調整〟が必要だった。

インターネットで各制度の要件を調べ、詳細はハローワーク職員に直接確認しながら、退職と傷病手当金の請求時期、雇用保険の資格取得時期を調整した。

結局、休職したまま傷病手当金を受給し、二月に面接と筆記試験を受け三月に合格通知をもらった。三月十五日を退職日とし、傷病手当金も三月十五日まで請求、三月十六日には雇用保険の手続きに行き、受給資格を取得し、四月に入校することができた。

死ぬかも知れないという状況下において、生活のためのそろばん計算をするというのは、時々バカ気たことに感じるが、長期生存のためには大切な要件だ。

働いている時も、気をつけていることがある。通常、半年に一回程度のCT検査をして経過観察をしている。そうすると、もうすぐ手術が近いなと感じる。そうした時には、四～六月にかけて集中的に仕事をし、月給を上げ、社会保険料の標準報酬月額を引き上げる。九月からの社会保険料は引き上がるが、傷病手当金が多くなるので手術後の生活に備えることができるのである。

ただ、世の中そんなに甘くないのが現実である。二〇一四年四～六月はCT検査の結果、まだ手術はないと思い仕事量を少なくし、社会保険料の支払いを抑えることにした。しかし、急に腫瘍が大きくなり、二〇一四年十二月に手術を行い、傷病手当金は少額になってしまった。やはり、病気というのは人智を超えたことなので小手先で対処などしてはいけないのだろう。そんな小手先のことは考えず、粛々と仕事をし普通に生活することがよいのだと、当たり前のことをあらためて思った。

石綿健康被害救済法と労災

最近、石綿健康被害救済法と労災の問題にぶつかった。私は、石綿健康被害救済法に認定されている。

とりあえず、環境曝露ということだが、職業曝露、すなわち労災の可能性についても思い当たることがある。

私の父親は、型枠大工だ。鉄筋コンクリートの建物を作る時、コンクリートを流し込むための型枠を作る仕事だ。一九八〇年（中学二年生）〜一九八四年（高校三年生）の期間、長期休暇（夏休み、冬休み、春休みなど）の際、私は補助のアルバイトとして従事していた。

父親の兄が親方をしており、おおむね五〜八人程度のグループであった。記憶している限りで六ヶ所の現場で働いた。

過去に一度、労災申請を考えてそれらの現場の所在地を父親と回って調査したことがあった。その時点での建物の写真、建物名、住所、建築現場で働いたおおよその期間、元請け会社、下請け会社を調査し、A四サイズ四枚の調査報告書を作成した。さらに働いた証拠として、親方である伯父に給与明細が残っていないか確認をしに行った。すると伯父は、「俺はお前が働いていたことなんて覚えてないし、そんな昔の記録なんて全部捨てた」と恫喝、否定した。つまり、中学生を現場で働かせていた違法行為やアスベスト問題で親会社に迷惑をかけることを嫌ったのである。違法就労なんてとっくに時効扱いなのだが、それでも、自己保身のために感情的になって否定する。正直、がっかりした。

ただ、今かりに労災申請をして受理された場合、どうなるのか？

当時五〇〇〇円／一日のバイト代である。労災休業補償は八割なので四〇〇〇円／一日である。物価スライドというものがあり、仮に五〇〇〇円／一日とすると十五万円／一ヶ月となる。労災休業補償は働いていない場合支給される。私の場合、過去十七年間で働いてないのは約四年間。うち約一年間ちょっとは失業給付金を受給していたので、三十二ヶ月が対象となる。十五万円×三十二ヶ月＝四八〇〇万円となる。

しかし、労災休業補償には時効がある。請求をした時点から二年。対象となる三十二ヶ月はすでに時効のため、労災から支給される金額は○円である。

労災認定に伴い、いわゆる二重取りの禁止の是正措置が適用される。労災認定されたら、これまで健康保険の傷病手当金制度から支払われていたものを返還しなければならない。過去に支給された健康保険の傷病手当金（全期間　三十二ヶ月分　約九二〇万円）が返還請求される。しかも返還請求には時効がない。労災申請の大変な手続きをして、労災休業補償○円、傷病手当金返還九二〇万円という結果になってしまう。

労災の場合、働いている間は給付はないので就労所得のみだ。働いていない時の労災休業補償が約十五万円だ。救済法の場合、働いている間でも給付されるので就労所得＋約十万円（療養手当）となる。働いていない時は、傷病手当金＋約十万円（療養手当）となる。元気に働いていられる現状では労災申請はしない方がよいということになる。

ただし、労災には遺族年金制度が組み込まれているが、救済法にはその制度がないことを考えると、どちらがいいのかはその人のおかれた立場により一概に結論付けることはできない。

健康保険の傷病手当金制度も十分ではない。例えば、傷病手当金は、同一疾病において支給期間は一年六ヶ月であり、それを超えた場合は打ち切りになる。ただし、医学上同一疾病であっても、ある程度の期間において社会復帰（働いて社会保険料を払うこと）した場合、社会的治癒をしたと認め、医学上同一疾病であっても、再度の請求権が発生する。

つまり、私がこれまで腹膜中皮腫で数回傷病手当金を受け取っているのは、手術後に数年間仕事をし、社会保険料を納めて、社会的治癒と判断されているからである。

しかし、病状が悪化すると治療と治療の期間がどうしても短くなる。例えば、私は二〇一四年十二月に腹膜中皮腫で開腹手術をした。請求権は一年六ヶ月、二〇一六年五月までである。実際給付を受けたのは二〇一五年六月までの六ヶ月間であり、その後仕事に復帰した。

ケース① 腹膜中皮腫で体調が悪くなり、二〇一六年四月に入院をした場合、傷病手当金の請求権は、二〇一六年四、五月の二ヶ月分しかないことになる。

ケース② 腹膜中皮腫で体調が悪くなり、二〇一六年八月に入院をした場合、社会復帰して一年二ヶ月しか経過していないということで、社会的治癒とみなされず不支給になる可能性がある。

病状が進んで短期間で入退院を繰り返すようになると健康保険の傷病手当金の制度では十分カバーすることができない。そうなると、労災の方が有利になる。

結局、自分のその時の病状、環境によって各制度の要件と適用範囲が変わるので、何が最善なのかは、結果を（死んで）みなければわからない状況だ。

こうした論議を突き詰めていくと、アスベスト問題の補償については〝正義の原則〟を適用してほしいと思う。「隙間と格差のない救済」「どこで曝露したかにかかわりなく、公平な補償」という意味で、救済法を労災並みに格上げしてくれるとよいのにと思う。制度の変更が面倒なら、いっそのことB型肝炎のように国家賠償制度により三六〇〇万円一括払いにしてほしい。

二〇一六年七月に、アスベストセンターの斎藤洋太郎さんに、私の過去の大工仕事（アルバイト）の場所、時期、期間の一覧とこれまで支給された傷病手当金の資料を渡し、労災の可能性とけんぽ協会への返還問題について相談した。労災申請した場合、認定される可能性は高いとのことだったが、二重取りの禁止の原則によりけんぽ協会への返還は免れない。これまで、長きにわたってけんぽ協会の傷病手当金を受け取り、のちに労災に切り替えて、逆に大きく負債を抱えてしまう案件はなかったとおっしゃった。

今後この案件を厚生労働省に持っていって、制度見直しのたたき台の一つにしたいということだった。私は損得問題だったら面倒だし、このままでいいとは思っているが、斎藤洋太郎さんいわく「今後の人たちのためにも」ということで、私の資料が利用してもらえたらと思った。

9 手術不可能。もはや、これまで

CT検査とPET検査

四回目の手術から九ヶ月後の、二〇一五年九月、CT検査を行った。腹部全体が白くぼんやりとした画像となった。高木先生は、たぶん腹膜播種が増大しているのではないかと思う、あまりいい状況ではないと言う。すぐに「今度、PET検査をやってみようか」と言った。私は、また閉所恐怖症で醜態をさらすことになるのかと思った。

PET検査を行った結果、腹部全体が赤くぼんやりとした画像になっただけで、CT検査と比較して特に新しい情報を得ることはできなかった。高木先生いわく、PET検査の特性上弱点があり、中皮腫の播種のような小さながん細胞が散らばっている場合は、なかなか優位性を発揮できないとのことだ。
ただ、CT検査とPET検査の両方を行ってわかったことは、腹膜播種が増大しており、手術で取り除くという処置は現時点では適切でないということ。しばらく様子を見て判断しようということになった。

「患者と家族の会」に集う人

ちょうどそのころ、「中皮腫・アスベスト疾患・患者と家族の会」事務局の澤田慎一郎さんから連絡をもらった。腹膜中皮腫の患者さんの相談が増えてきているので、よかったら患者会に顔を出しませんかと誘われた。

もう、数年、会に出席しておらず、定期的に送られてくる会報で顔見知りだった人の訃報を時々目にしていた。どういう人がいるかもわからない状態だった。ただ、私も自分の時の短いことを何となく感じはじめていたので、会に顔を出したいと思っていた時だった。この誘いは渡りに船の思いだった。

二〇一五年十月、亀戸事務所での「患者と家族の会」に行った。事前に澤田さんから「今日は九州から腹膜中皮腫の患者さんが来ます」と聞いていた。ちょっと早めに会場入りして「どの人かな?」と入ってくる人たちを見ていた。このような時には、いかにも病気そうな人に目がいく。「このおじいちゃんかな、あのおばあちゃんかな」という感じで見ていた。定刻になり、とりあえず自己紹介をすることになった。すると、腹膜中皮腫の患者さんって、この赤ちゃんを抱っこしたお母さん! とまさに衝撃だった。
これまで、こういう人は明らかに家族の人、しかも「年老いたお父さんが最近中皮腫と診断されちゃって……」と話をするような人なのだ。

私は、年下の中皮腫患者に初めて出会った。しかも三十歳前後で自分の子どものような女性だ。赤ちゃんはまだ五ヶ月、ご主人は仕事を抜け出してきたようで、スーツ姿の清々しい商社マンのような雰囲気だ。こんな幸せな家族に、なんてことが起こったのか！　衝撃とこのアスベスト被害の悲惨さを改めて感じた。

二〇一六年二月には、新宿の喫茶店で会合を持った。遠地から来る患者の人に配慮して新宿を選んだようだ。腹膜中皮腫の患者五名と会の職員がその場に参加した。前に述べた九州からの若い女性の患者さんは、ｓｋｙｐｅ（オンライン通話）で参加された。

その場に参加されていた四名の方は抗がん剤治療を経験しており、一定の効果を感じているようだった。北陸地方から来た患者さんは、様々な組み合わせで抗がん剤治療を長年行っており、こんなに抗がん剤に耐えられる人もいるんだなぁと思った。ここに集まった人たちは、薬品名や検査項目などについて、カタカナの長い名称をスラスラと語り、意思疎通を取り合っていた。それだけ、真剣に治療に向き合っているんだと感心した。

『がん哲学外来へようこそ』……言葉の処方箋

この新宿の集まりの直前、『がん哲学外来へようこそ』（新潮社）という本を読んだ。著者の樋野興夫先生の考え方や活動に感銘した。樋野先生は順天堂大学の病理・腫瘍学の先生で、中皮腫の血液診断マーカーの開発にも携わった人だ。

クボタショックが大きな転機となり、中皮腫患者と接するようになり、順天堂大学病院の「アスベスト・中皮腫外来」の設置に尽力された。患者の話を十分に聞き、医師と患者との心理的、精神的な隙間を埋めて、よりよい医療を進めていこうというものだ。

中皮腫の治療のヒントを求めて、すぐに連絡してみた。ちょうど千葉県柏市で相談会が計画されていて、二〇一六年三月四日に約四十分間、先生と一対一でお話をする機会を得た。

がん哲学外来の主旨は、悩みを解決するのではなく解消することで、「言葉の処方箋」によりものの見方を変えて、積極的な心を持ち、ＱＯＬ（生活の質）を高めようということだった。

樋野先生は、直接個人と面談して「言葉の処方箋」を出すだけにとどまらず、各病院施設の緩和ケアスタッフに講演、教育されて、そして、順天堂大学病院の「アスベスト・中皮腫外来」をモデルとして、すべてのがん患者を対象に、広く一般開放された活動へと発展させた「がん哲学外来　メディカルカフェ」を、全国の病院施設等で立ち上げ継続的に実施されている。

私が通院している静岡県立総合病院でも、第一回メディカルカフェがすでに二〇一五年十二月に実施されていた。私が樋野先生を訪問した三ヶ月前だ。樋野先生は静岡県立総合病院で行われたメディカルカフェの様子を話してくれた。

メディカルカフェは、お茶やお菓子が振る舞われるので少額の実費を払うことにはなるが、基本的には無料だ。和やかな雰囲気で患者を含め、病院の医療スタッフも参加し、一テーブル五〜六人程度が座り、フリーで談笑するという形式をとる。

帰宅後、大変な数のメディカルカフェが全国で展開されているのをネットで確認し、「言葉の処方箋」を求めている患者と家族の人たちの受け皿になっているのだと知った。

この訪問から、一年後の二〇一六年五月十三日、静岡県立総合病院での第五回メディカルカフェに参加した。参加費三〇〇円で振る舞われたのは一〇〇〇円くらい料金を出してもよいと感じる内容のドリンクとお菓子、デザートだった。病院側から予算が出ているのだろうか。

病院の緩和ケア外来のスタッフが中心となり、看護師、医師も参加する。公募した患者やその家族など、総勢三十数名が、病院のレストランに集まり、談笑した。一般的な患者会みたいな感じだ。いろいろな患者さんと出会えるのはやっぱり楽しいものだし、視野が広がる。そして、専門知識を持ったスタッフが参加することで会話の内容も深まったり、大きな脱線を防ぐこともできる。また、自分の通院している病院であれば、今後お世話になるかもしれない緩和ケア外来スタッフと顔をつなげておくこともできる。

もはや、これまで。他臓器転移、手術不可能

前回検査から七ヶ月後の二〇一六年四月十八日、主治医の高木先生はCT画像を見ながら「体調はどう?」と聞いてきた。

本　人：「体調はいいです、元気です」

主治医：「体調と相関関係がないんだね……、七ヶ月前にはなかったんだけど、肝臓内部に三㎝が七個と肺に一個、腫瘍があるんだよ……。手術による切除は物理的に無理だね。栗田さんはどうしたい?」

本　人：「……もう何もしなくていいです」

主治医：「抗がん剤治療をしてみようよ」

本　人：「どうせ効く薬ないんでしょ、やらなくていいです」

腹膜中皮腫の他臓器への転移かぁ……。腹膜中皮腫にはステージ判定はないが、一般的にはステージⅣ「末期がん」だ。「もはや、これまで」と思った。二〇一五年十月、二〇一六年二月の「腹膜中皮腫の患者の集まり」で、みんなが抗がん剤治療をしていたことを思い出した。

本　人：「先生、セカンドオピニオンを受けたいので、紹介状を〈ひらの亀戸ひまわり診療所〉宛てでお願いします」

主治医：「それなら、うちの腫瘍内科で話を聞いてから、セカンドオピニオンに行ったらいいね」

その日のうちに、腫瘍内科の先生の説明を受けた。アリムタ＋シスプラチンによる治療で、治療目標は根治ではなく、現状維持もしくは進行を遅らせること。期間は、三週に一度（四～五日入院）、最低でも六回行うとのこと（約四ヶ月）。副作用は、ｅｔｃ……。特に肝腫瘍の成長スピードが速いから一刻の猶予もないと、即決を求めてくる。放っておけば、数ヶ月、一年というのも覚悟したほうがいいと……切羽詰まった感がある。

「一ヶ月後、五月十六日に返事します」と言った。それしか言いようがなかった。

二〇一六年四月二十四日に「患者と家族の会」神奈川支部主催の「胸膜中皮腫と肺がんに対する外科治療のホットな話題」という講演を聴講した。昼食時、講演者の岡部和倫先生（国立病院機構山口宇部医療センター）とお話ができた。岡部先生は、胸膜中皮腫の手術・治療を数多くされており、特に胸膜外肺全摘術という難しい手術を行える名医である。患者が全国からその手術を求めて集まってくる。

術前後の治療には、抗がん剤を使用することもある。私は自分の現状について説明し、抗がん剤治療について質問した。

この時点の私の調査では、中皮腫先進国イギリスでは、中皮腫に有効な治療法がないため無理に手術や抗がん剤治療を行わないで緩和ケアを選択することが多いとのことだった。私自身、そうした選択も「あり」だなと考えていた。

岡部先生はイギリス医学界とも交流を持たれ、その現状について、イギリスでは医療費が非常に安い（無料）のだが、その反面、医療の質、成績が芳しくないらしく、お金持ちは隣国の質の高い医療へと流れ込んでいる。結局、イギリス国内では多くの人が早い段階で緩和ケアを選択せざるを得ない状況なのだとおっしゃっていた。そして、日本の高い医療技術であれば、抗がん剤治療をすることをお勧めすると助言をもらった。

またこの講演会で、ある「患者と家族の会」の方と再会した。その方は胸膜中皮腫患者だが腹膜に浸潤したため、アリムタ＋シスプラチン治療をしているとのことで、抗がん剤治療を行った時の体調や副作用の様子などを詳細に教えてもらった。

二〇一六年四月二十八日には、「患者と家族の会」の澤田さんにお願いし、埼玉県の腹膜中皮腫患者の方との面談をセッティングしてもらい、抗がん剤治療を行った時の体調や副作用の様子などを詳細に教えてもらった。この方は六クールの予定ではじめ、三クール終了後画像診断ではいい結果を得られていた。しかし、四クール終了後、体調が思わしくなく主治医との相談の上、抗がん剤治療を打ち切った。

これらの患者さんの話から、抗がん剤治療から一定の効果を得ていることがわかった。しかし、抗がん剤治療中（六クール、約四ヶ月）は、一切仕事はできないし、生活も大変な状況になりそうだ。車の運転など、治療後すぐは無理だろう。抗がん剤治療終了後も数ヶ月は元の状態に戻りそうにない。効果があればやり続けるだろうし、効果がなければ身体を痛めつけただけになる。

二〇一六年五月十二日に「ひらの亀戸ひまわり診療所」の名取雄司先生のセカンドオピニオンを受ける。

本人：「これまで、他臓器に転移した人はどのように対応されていますか？」

先生：「中皮腫患者は、比較的予後が短いからね。栗田さんみたいに十六年も生きるとこうなるのか（肺と肝臓に転移）って感じだよ」

本人：「アリムタ＋シスプラチンの選択はどうですか？」

先生：「胸膜中皮腫の標準治療だけどいいと思う。副作用も他のがんの抗がん剤に比べれば緩い方だから、安心してもいいよ」

本人：「他臓器転移って末期ですよね。どうとらえるべきですか？」

先生：「栗田さんの場合、二〇〇七年（三回目）の手術の際に肝臓の外側に付いていたがんがあったみたいだね。そう考えると、その時点で末期とも言える。もう九年間も末期状態と考えれば、本当にのんびりしたがんと考えることもできるよ。肺の方は、まだまだ小さいから現状では考えなくてもいいんじゃないかな」

本人：「何か他にいい治療法ってありますか？」

先生：「とりあえず、抗がん剤治療をするのがいいのではないか。その際、〝冠動脈化学塞栓療法〟と言って、肝臓のがんに直接抗がん剤を注入するやり方をすれば、身体に与えるダメージも少なくて済むんじゃないかな」

その後、自分でも本やＷｅｂで抗がん剤治療についてあれこれと調べた。腹膜中皮腫の抗がん剤治療には、標準治療はない。アリムタ＋シスプラチンは胸膜中皮腫の標準治療であって、それに準じて行われている。胸膜中皮腫に対しては一定の効果はあり、データでは平均「数ヶ月程度」の延命効果が得られるようだ。

このアリムタは二〇〇七年に承認された抗がん剤だ。「患者と家族の会」が、厚生労働省への交渉やデモなどで早期承認を求め活動していた。その途中で、早期承認の先頭に立っていた患者さんが志半ばで亡くなった。アリムタが承認された時には、多くの中皮腫患者が喜び、治療を開始した。まさに悲願の抗がん剤だ。

これまでの情報収集を客観的に判断すれば、抗がん剤治療をすべきだと思う。合うか合わないかは、やってみて判断すればよいことだ。

しかし、治療中は副作用の影響で仕事は困難になる。病院のある静岡県と自宅のある千葉県の往復や自宅における日常生活は困難なものになる。たぶん、静岡県の実家暮らしになるだろう。最低六クール約四ヶ月実施し、効果があれば続行だ。いつまで続くのだろう？

とりあえずは、症状もなく、普通の社会生活を送っているのだから、わざわざ病気の世界（抗がん剤で体調が悪くなる状況）に自らの判断で入り込む必要があるのだろうか？　でも、抗がん剤治療をしなかったら一年程度で死ぬ可能性もある。

自分の信条、自分の流儀

抗がん剤治療をした方がいいのか？　それともしない方がいいのか？　まさに八方塞がりの思いだった。

そんな時『表現者』（ＭＸエンターテイメント）という隔月刊誌を手にした。その二〇一六年五月号特集が「非常事態条項の提言」というものだった。直接的には国家の非常事態について様々な提言がなされている。

それによると「緊急事態」とは、予想できるがいつどのように起こるか予測できない事柄で、例えば救急病院の機能がそれにあたる。「非常事態」とは想像はできるが予想までできないこと、制御できる保証がなく、本質的に人間の対応能力を超えている、例えば福島原発のような事故ということである。

まさに、今の自分の状況は、人生の「非常事態宣言発令中」だ！　特に、腹膜中皮腫という病気は、発生プロセスもわからなければ、治療法も確立されていない。何が最善かなんてことは誰にもわからない、まさに人間の対応能力を超えた問題といえる。

そこに医学的に残された最後の手段は、アリムタ＋シスプラチンの治療のみ。奏効率は三十％、平均数ヶ月の延命効果……。それでいて多大な副作用をもたらす（「奏効率」とは「がんのサイズが縮小する」ことを示す指標であり「がんが治る」割合ではない）。

「非常事態」は「平時」の判断とは異なる。たぶん、他人から相談を受けたら私も「主治医と相談の上、抗がん剤治療をした方がいいよ」と答えると思う。それが、がん医療のプロセスであり、いわゆる一般社会の常識、客観的な考え方だと思うからだ。

しかし、自分に降りかかった非常事態時には、その判断は変わることがあると思う。主観的な考え方を自分自身にはしていいと思うし、責任は自らが取ればいい話だからだ。

『表現者』五月号に掲載されていた「落着きの在処《ありか》」という浜崎洋介氏（文芸評論家）の記事が大きな

判断材料となった。これを読んだ時、「腑に落ちた」のを感じた。結局、この問題に真の意味での正しい答えはない。自分の決断だ。以下の言葉が背中を押し、自らの運命を引き受ける「覚悟」を決めた。

——誰が将来を見通せましょうか。誰が、将来、間違いのない道などというものを選びとれましょうか。将来のことを考えたら、誰も自信が持てないのが当然であります。私たちは何か行動を起こす場合、「将来」「幸福」ということにあまりにもこだわりすぎているようです。（中略）それなら、ここに、もう一つの別な生き方があったのだということを思い起こしてみてはどうか。というのは、将来、幸福になるかどうかわからない。また「よりよき生活」が訪れるかわからないが自分はこうしたいし、こういう流儀で生きてきたのだからこの道を採る。そういう生き方があるはずです。いはば自分の生活や行動に筋道を立てようとして、そのために過ちを犯しても、「不幸」になってもそれはやむをえぬということです。そういう生き方は、私たちの親の世代までには、どんな平凡人のうちにも、わずかながら残っておりました。この自分の流儀と自分の欲望とが人々に自信を与えていたのです——（浜崎洋介氏による引用。福田恒存『私の幸福論』より）（傍線は栗田）。

当然ながら抗がん剤治療の効果を期待したい。しかし、元気に自活できている今現在のこの状態を放棄する気にはならない。「ピンピンコロリ」が「信条」であり、がんと「闘う心」を原動力として自然治癒力で治すのが「流儀」なのだ。かつて「こころの治癒力」で復活できたように、このたびも「身体の治癒力」で闘っていこうと決意した。

二〇一六年五月十六日、抗がん剤治療を「すぐにはしない」と高木先生に伝えた。三ヶ月後にＣＴ検査をして再度判断することにした。自分の信条、流儀でこの三ヶ月間を過ごすことにした。

10　自分流自然治癒術

作戦名は「プロジェクトST」

さて、抗がん剤治療を延期したが、どうしようか？　中皮腫と共に生きていくと考えた時、そういえば中皮腫とはすでに長い付き合いだなと思った。ペンを出して書き出した。

誕　生　日：一九六六年十月二十七日
がん告知：一九九九年十二月二十四日　約三十三歳二ヶ月　三九八ヶ月目
現　　　在：二〇一六年七月十三日　約四十九歳九ヶ月　五九七ヶ月目

がん歴十六年七ヶ月、全人生の「三分の一」を中皮腫患者として過ごしたことになる。別に、特別な意味はないが、ずいぶん長い付き合いになるんだなぁと感じた。友達にたとえるなら、親友もしくは悪友といったところだ。とりあえず共生していこうぜという……。

これまで、がんの治療、体験談、健康全般、食生活に関する本を読んできて、自然治癒力を高める様々な知識、方策を得てきたつもりだ。一病息災、自然とそのような情報には敏感になる。

かつて私が「患者と家族の会」に入会したころ、胸膜中皮腫の女性の患者さんで、手術により左肺、胸膜、心膜、横隔膜を取る大手術を経験された方がいた。残念ながらその後、転移がんが発見された。一㎝が二個とその周りに星屑のように……。

ところが、二〇〇六年の患者会の時、「がんが消えたんです」と喜んでいた。「えー」と参加していた人たち全員がどよめいた。中皮腫は不可逆性の性質を持っており治癒しないというのが一般的な認識である。抗がん剤で小さくなったということは時々聞くが、中皮腫が消滅したということは聞いたことがなかった。

どうしてそんなことになったのかというと、とある漢方薬（ここではSTという）を飲みはじめてからの変化だと言う。中皮腫に治癒はないと言われているので、彼女の執刀医の先生も「あり得ない」という反応だったそうだ。十二年後の今でも再発なく過ごしておられる長期生存者だ。

今こそ、この漢方薬を中心として中皮腫と闘う作戦を立ててみよう！　とにかく一年間はがんばってみよう！　これまでの知識を総動員し、継続力のない自分でもできる内容にした。そして、二〇一六年八月からの三ヶ月の検査のたびに改善点を加え、バージョンを上げた。

作戦名は「プロジェクトST」（概要を［付］として後述）。成功したらNHKの某番組みたいに、中島みゆきの音楽つきで映像化できればいいなと思う（笑）。

バケットリスト（棺桶リスト）を実行する

私はがんの闘病記、映画、小説などは見ないようにしている。なぜなら最後はがんで死んでしまうイメージを持ちたくないからだ。ましてや、有名人のがん患者のブログなど絶対見ない。マスコミがこぞって扱い、大衆が好むのは、大抵死にそうな苦しそうな患者ばかりだ。

しかし、今回は「最高の人生の見つけ方」という映画をもう一度観たいと思った。なぜならこれは気持ちがハッピーになれるからだ。余命六ヶ月を宣告された二人の男（ジャック・ニコルソン、モーガン・フリーマン）が、生きているうちにやっておきたいことをまとめたリスト、バケットリスト（映画では棺桶リストと訳されていた）を作成し、それを実現するために二人で冒険に出る。しかし、やりたいことを一通りやり終えた後、結局家族のもとに戻る。

映画にならって、行きたいところ、会っておきたい人、やりたいことなどを書き出して私なりのバケットリストを作成し、実行した。〝棺桶リスト〟などというと暗いイメージを持たれるかも知れないが、やりたいことを大手を振って出来るというのは、気持ちのいい行為で心浮き立ち、免疫力アップにつながる行為だと思う。

リスト① 北アルプス槍ヶ岳雪山登山

二〇一六年五月五日、頂上を目指し、槍沢雪渓を登る。風速二十メートル以上あり、吹雪のようだ。数日前にはお隣りの穂高岳でこの突風と寒さのため数名の死者が出ている。時々、氷の粒が顔に当たって痛い。不意を突いて強風がくる。身体がぐらつくので、ピッケルとアイゼンで三点をがっちり雪面に固定させて耐風姿勢をとる。風が止むまで大した時間ではないが、身体全体で風と格闘する。

身体の内部には、十分な力があり生命力を感じる。腹膜に播種があり、肝臓と肺に転移……、腹膜中皮腫にステージ判定はないが、我ながら末期がん患者とは思えない。この内部の力が中皮腫を克服するのか？それとも、中皮腫は宿主をギリギリまで元気な状態にしておくのか？

山頂直下の槍ヶ岳山荘に到着。夕方には、ガスも晴れて北アルプス、遠方には八ヶ岳や富士山も見ることができた。そして、絶対に見たいと思っていた、きれいな夕日も見ることができて大満足だった。

リスト② ユニバーサルスタジオジャパン旅行

一度も行ったことがなかったので行きたかった。知人の家族と共に訪れたがとても楽しかった。ハリーポッターの世界観がよかったし、アトラクションもほとんど待たずに乗れるのがよかった。大阪観光もかねて、通天閣、道頓堀などを回り、大阪グルメを楽しんだ。

リスト③ 海外旅行

知人とタイ、バンコクに行った。バンコクの寺院、アユタヤ遺跡、そしてチェンマイの寺院と山岳地域にも行った。現地ではバイクをレンタルしツーリングをした。また、シューティング（射撃）も楽しんだ。

リスト④ 秋の八ヶ岳

物思いにふけりたかったり、手術の後のリハビリ登山に利用している八ヶ岳。本当にお世話になっている。この山にはもう何度行ったかわからないが、最後に是非行きたかった。

当日は天気もよく、富士山、南・中央・北アルプス、浅間山がよく見え、気持ちのよい登山だった。

リスト⑤ 父親と親戚を訪ねる旅行

父親は二〇一一年九月(七十一歳)から車いす生活になってしまった。いつも体調が一定ではないため、以後の五年間一度も旅行をする機会がなかった。

父親の弟、私の叔父が淡路島に住んでいた。父親と共にかつて数回淡路島を訪れていた。一九九五年当初はまだ明石海峡大橋（一九九八年開業）はなくフェリーで渡ったことを覚えている。二〇〇〇年には明石海峡大橋を渡り、一緒になって「すごいねー」と感嘆の声を上げた。

その後、叔父が脳こうそくで倒れ、意識がないまま明石の病院で五年間を過ごし、二〇一二年に亡くなった。その間にも三回、父親と明石を訪れていた。

今でも、明石には叔母と叔母の娘家族が住んでいるので、父親と一緒に行くことにした。明石海峡大橋のたもとにあるホテルの介護用の部屋を取ることができた。はた目からは、私は車いすの父を旅行に連れていく孝行息子に映っただろうが、実は息子の方が先に死ぬかも知れない、息子のバケットリストの実行とは誰も思わなかったことだろう。

この旅行の半年後、二〇一七年四月十九日、父親は死去し、これが車いす生活の最初で最後の旅行になった。不謹慎かも知れないが、一休和尚の「めでたい言葉」を思い起こした。「親死ぬ子死ぬ孫死ぬ」。順番を守れたことは親孝行かなと思った。

リスト⑥ 東京ディズニーリゾート旅行

別世界に行きたい時、我が家の近くだし手軽に現実逃避できる。知人の家族と共に訪れ、とても楽しかった。この歳になると諸々のアトラクションのために長時間並ぶことは不可能。ファストパス（時間が指定されているチケット）を取れるアトラクションのみに乗り、あとはダラダラしているだけで楽しめる。

リスト⑦ 四国一周旅行（カローラフィールダー）

この時、所有していたカローラフィールダーは、新車の時から十四年六ヶ月乗っていた。つまり、中皮腫になって、ほとんどの時間、この車と付き合ってきた。手術後、時間ができるとこの車でリハビリ登山、リハビリ温泉旅行をした。北海道、東北、北陸、関西、中国、九州……。最近二十五万kmを超えた。

自分が死ぬか、フィールダーが壊れるか競争していた。事情があって、この車を手放すことになった。次の車を、新車にするか中古車にするか悩んだ。考えてみれば、末期がんでもうそんなに時間がないかも知れない。新車を使い倒すだけの時間はないだろうと考えて中古車にすることにした。その分、浮いたお金で遊ぶか、仕事を控えてしまえばいいと判断した。

カローラフィールダーで、日本でまだ走っていないところは四国だけ（沖縄は除く）。売り払う前の二〇一七年一月三十日から四国一周旅行、車中泊の旅にでた。千葉から広島県尾道。しまなみ海道を渡り、道後温泉、宇和島を回った。

宇和島では、「松本真珠」という真珠養殖店に飛び込みで入ってパール商品を購入した。養殖場を見せてほしいと頼んでみた。その辺にあると思っていたからだ。ちょっと待ってくださいと言われ、こちらにどうぞと案内されると、船が用意されていた。それに乗り込むと沖合の真珠養殖場に連れて行ってくれた。天気がすごくいい日で、船は猛スピードで走り風が気持ちよかった。船頭に立ち、寅さんになった気分だった。真珠養殖の一連の流れを教えてもらった。

この後、足摺岬、四万十川、高知市内、室戸岬、徳島、高松を回り、瀬戸中央自動車道を渡り、千葉に帰った。走行距離約三〇〇〇㎞だった。

リスト⑧ 海外旅行

二〇一七年四月、知人と再びタイ、バンコクに行った。タイの新年、水かけ祭りに参加するためだ。残念ながらこの年は、プミポン国王の死去に伴い、水かけ祭りも例年と比べ自粛して行われた。しかし、それでも十分に水をかけ、かけられて楽しんだ。

また、レンタカーを借りてタイ東北地方のカオヤイ国立公園で野生の象と遭遇した。コラートという町では水かけ祭りで賑わっている街中を人の波に押しつぶされそうになりながら車をゆっくり走らせ、水や泥を掛けられながら、日本人の自分たちには暴動に遭遇したかのような恐怖感を味わった。日本と交通事情、文化が違って、怖いようなそれでも楽しいドライブだった。

クボタショックから十一年目の尼崎集会に参加して

二〇一六年六月二十二日、「石綿健康被害救済法」見直しの小委員会を傍聴した。その十年ほど前、石綿健康被害救済法の制定時の省庁交渉以来の傍聴参加だ。今回は、古川和子さん（当時「患者と家族の会」会長）が委員として参加され、救済法の改正すべき点について力強く発言し、その後ろでは古谷杉郎さん

（同会相談役）がサポート役をしていた。「このお二方はもう十年以上もがんばっておられるんだな」と感銘を受けた。

小委員会後の集まりで、日本のアスベスト問題（クボタショック）の震源地、尼崎支部の飯田浩さんと話をする機会があった。次回六月二十五日に行われる「アスベスト被害の救済と根絶をめざす尼崎集会」に参加するよう誘われ、勢いで行くことになった。

尼崎では、二〇〇四年秋ごろからクボタの旧工場周辺に居住歴のある中皮腫患者が掘り起こされるようになった。二〇〇五年六月の新聞報道をきっかけに、さらに多くの患者がいることが明らかになり、その原因がアスベストを長年取り扱っていたクボタ旧神崎工場にあることが明確になった。クボタが見舞金を払うことで公害としてのアスベスト問題を認め、社会的には「クボタショック」として認知された。二〇〇五年から二〇一五年までに一五〇四人の被害者が出ている。そうした、アスベスト被害を訴え続けるために「尼崎集会」が毎年開かれている。

当日、集会直前に飯田さんから、「発表予定に変更があったので五分くらいスピーチしてくれないか。何でもいいよ」と言われた。それで私は、十六年間闘病している患者であることを話した。この尼崎の地においては長期療養者が少ないのか、療養期間の長さに希望を見出してくれる人たちがいた。

集会に参加して感じたことは、〝闘う感〟が強いということだった。敵は、アスベスト、国、クボタ、労働基準監督署、関連法律と制度、といった感じだ。家族を亡くして悲しみ、患者自身も苦しみ、そうした人たちを支援しても「敵」が立ちふさがる。それでも声を上げ、訴え、闘う。

こうした人たちのがんばりで、石綿被害の周知、労災などの円滑な認定、石綿健康被害救済法施行と見直し、各種アスベスト裁判での勝訴など、私たち患者を取り巻く環境が整ってきている。そのことを考えると本当に感謝すべきことだ。

ただ、現地のある人は、十年前のクボタショック、日本中で大きな社会現象となっていた時と比較して、最近は盛り上がりに欠けており、アスベスト問題が風化しているとつぶやいていた。

その後の懇親会の席で、私と同年代の遺族の方の話を聞いた。その方は、親族を中皮腫で亡くされて裁判を起こし、勝訴したそうだ。「ご自身の問題は解決したんですよね」と聞いたら「そうです」と言う。でもその方はまだ「患者と家族の会」に所属し、責任ある立場で活動されている。ご自分の家族（妻と子ども）がいるのに……。でも、この方はアスベスト問題に対して「納得ができないから活動している」と言っていた。

私の中では、このような精神を「奉仕の精神」と表現している。どうして、このようなことを考え、行動できるのか。患者の私でも不思議だ。もしも、私の中にこれと同じような「奉仕の精神」があるなら、たぶん十年以上前から活発に活動していただろうに。

このころ、関東支部の方が「手記を残したらどうか」と提案してくれた。現在、そして今後発病するであろう人たちに向けて、少なくとも十六年生きたという証言を残すだけでも価値があると言ってくれた。そのころから、この闘病記を書いてみようという気持ちになった。

［付］自分流「プロジェクトST」

〈概要〉

二〇一六年四月、CT検査により、腹膜中皮腫の播種の増大、肝臓と肺への転移が認められた。外科的手術ができない状況となり、医師からアリムタ＋シスプラチンによる治療を提案された。

しかし、抗がん剤治療により期待される効果と副作用などを総合的に評価し、抗がん剤治療を延期とし、自分流「プロジェクトST」を実施した。自然治癒力によって進行を止め、抗がん剤治療をできるだけ延期することが目的である。当然のことながら、時の経過とともにその内容を変化させた。以下はそのバージョン3ともいえるものである。健康な人にとっては〝笑える〟シロモノであるかも知れないが本人はいたって真面目である。

〈目標〉

特に肝臓内の腫瘍の進行を止める、もしくは縮小させる。

〈期間〉

二〇一六年五月十九日～二〇一七年五月十六日。

〈進捗状況〉

二〇一五年十月検査　腹膜播種あり（九月CT、十月PETで雲がかかったような感じ）。
二〇一六年四月検査　腹膜播種増大（CTで雲がかかったような感じ）、肝臓三cm×七個、肺一cm以下×一個。
二〇一六年五月　「プロジェクトST」スタート。
二〇一六年八月検査　腹膜播種現状維持？　前回と比べ、肝臓腫瘍若干大きくなり極小のものが発生している、肺一・五cm×一個。
二〇一七年一月検査　腹膜播種現状維持？　肝臓腫瘍最大四cmその他三cm級複数確認、肺二cm×二個、その他肝臓と肺に極小が多発している。

二〇一七年五月検査　腹膜播種現状維持？　肝臓腫瘍最大六・六cm、三cm以下含め二十個程度。肺、最大二cm、それ以下含め十個程度。

〈実施内容〉

1．「ST」と「OT」を摂取する。

漢方由来の健康食品である。「患者と家族の会」会員が「ST」を摂取し、中皮腫に対してよい成果を挙げたという口コミ。さらに肝臓に効果があるとされる「OT」を追加摂取する。「ST」を一日四粒×二（八粒）、「OT」を一日六粒×二（十二粒）摂取する。

2．自然治癒力（ST）を高める。

ストレスによる交感神経緊張状態を避ける。身体を温めるために、血行をよくする。

●そのための食事（ゆるい玄米菜食が基本）。

①少量をゆっくりと楽しく食べるようにする。腹八分とする。
②玄米をよくかんで食べる。
③できるだけ野菜を食べ、肉を少なくする。しょうが、里芋、ごぼう、大根、黒豆、こぶ、はす、山芋、にんにく。
④野菜スープを飲む。
⑤甘いものは控える。
⑥冷たいものを控える。飲み物は温かいものか常温にする。
⑦他人と食事をする時は、楽しく過ごすことを大事にし、制限はしない。

●そのための生活習慣。

①身体を冷やさない。
②暖かいお風呂に入るようにする。民間浴場「満天の湯」などの施設で湯治する。
③よく寝る。
④よく笑う。
⑤掃除、洗濯などの家事をこまめに行い、身体を動かす。
⑥温熱全身指圧マッサージ器（家庭マッサージ器）でマッサージをする。
⑦血圧降下剤をやめる。
⑧小さな子どもと遊ぶ。
⑨〝青い鳥〟の声を聴く（自らの判断が自らの信条に基づいているかを問いかける）。

●そのためのスポーツ。

①汗をかく程度のウォーキングをする。
②普通の生活に「ながら」運動を入れる。ストレッチ、スクワット、腹筋など。
③気功、呼吸法を取り入れる。
④ゴルフをする。
⑤山歩きをする。

●そのための思想。

①同じような取り組みをしている人たちと励まし合う（「患者と家族の会」など）。
②自然治癒力、免疫力を高めるための本、それによる効果を得た経験談などの本を読むようにする。
③死生観を明確にするため読書をする。

④中皮腫に関する自叙伝を書く。
⑤「バケットリスト」（棺桶リスト）を実行する。

3．仕事を慎む（ST）。
①仕事の位置づけをリズムある生活のためとし、社会保障の確保、社会との接点と割り切る。
②仕事時間を少なくし、疲れたら、遅刻、早退、欠勤をいとわない。
③収入が減少することを受け入れる。
④仕事の暇な時間、つまらなさを素直に受け入れる。

4．酒を慎む（ST）。
①自宅での日常的な一人飲みはできるだけしない。
②他の人との飲みは、飲み過ぎない。

〈経過観察〉
①バイタルチェックする（体重、体脂肪率、体温、血圧、脈拍など）。

〈参考資料〉
自然治癒力を高める連続講座1　代替療法と免疫力　自然治癒力（ほんの木編　ほんの木）
自然治癒力を高める連続講座2　自然治癒力　免疫力を高める食生活（ほんの木編）
自然治癒力を高める連続講座3　自然治癒力　免疫力が高まる生活習慣のすすめ（ほんの木編）
自然治癒力を高める連続講座4　自然治癒力　免疫力が高まる簡単健康法・運動法（ほんの木編）
病院に行かずに「治す」ガン療法─ひとりでできる「自然療法」（船瀬俊介　花伝社）
男が病気にならない生き方（石原結寛　WAVE出版）

野菜だけで病気を治す（石原結寛　健康人新書　廣済堂出版）
疲れない身体を作る免疫力（安保徹　知的生き方文庫　三笠書房）
100日でがんに勝つジュース＆スープ（済陽高穂　新星出版社）

〈評価〉

「プロジェクトST」を実施し、以下の通り評価した。

●よかった点、継続したい点。

①「ST」を摂取していること。このプロジェクトの根幹であり摂取することでモチベーションを保つことができる。身体的な変化については確認できない。
②仕事量を減らしたこと。身体的に楽で体力や気力も上がっている。ただし、所得が大幅に減るのでビンボー生活を引き受ける覚悟をすること。
③「棺桶リスト」を実施していること。好きなことを大手を振ってでき、楽しい生活を送ることができる。予想以上に元気に生きているのでこのリストを更新する。
④「患者と家族の会」に参加したこと。同じ病気、問題意識のある人たちと交流することで自分の立ち位置を確認し、社会参加することができる。
⑤バイタルチェックをしていること。
⑥小さい子どもたちと遊んだこと。生命力を感じたり、楽しさを感じる。人間の原点に立ち返ることができる感覚を得る。
⑦体を冷やさない努力をしたこと（冬にかけては温める努力が必要）。

●よくなかった点、改善点

①ほぼ毎日お酒を飲んでいたこと。身体に与える影響だけでなく長時間にわたりダラダラ飲むので時間の浪費になる。できるだけ飲まないことを意識的にする。
②自叙伝の進行が止まっている。再び書きはじめたい。
③特に夜勤の時、食事量が多くなり、すぐに寝ることで体調に不快感があったこと。食事のタイミングを工夫する必要がある。
④旅行や山行があると生活習慣が乱れてしまうこと。
⑤玄米菜食が定着しなかったこと。玄米はほとんど実施されなかった。
⑥日々の運動習慣が定着しなかったこと。
⑦日記が書けなかったこと。自叙伝の基礎となりうるので書きたい。
⑧昼勤務の時など、夜早く寝ることができなかったこと。集合住宅で近隣の騒音がうるさいのであきらめている。

11　その後の一年、そしてその後

ただ神だけが知っていること

「プロジェクトST」による生活改善、バケットリストの実行、そんなことで一年間を駆け抜けた。その結果どうだったか。残念ながら、二〇一六年八月、二〇一七年一月、五月の三回のCT検査では、毎回腫瘍は大きくなり増えていった。二〇一六年四月と二〇一七年五月の比較だがCT画像で確認できるのは以下の通りである。

肝臓腫瘍：〈二〇一六年四月〉三㎝×七個↓　〈二〇一七年五月〉　最大六・六㎝。三㎝以下含め二十個程度。
　主治医の見た目で肝臓体積の約一割はがん腫瘍。
肺　腫　瘍：〈二〇一六年四月〉　一㎝×一個↓　〈二〇一七年五月〉　最大二㎝。それ以下含め十個程度。
腹膜播種：二〇一五年十二月に播種が広がり手術ができないと判断され、以来話題にもならない。当面、
　腹膜播種からの命の危険は少ないとの判断と考えられる。
医師所見：画像では見えない小さな腫瘍も次々と大きくなってきている。一年前に比べ二〜三倍（体積比
　では四〜九倍）大きくなっている。がんは加速度的に大きくなっていくので、早いうちに抗が
　ん剤治療をした方が効果的である。

　一年前と同様、喫緊の課題は肝腫瘍である。今回二〇一七年五月の診察では「これ以上大きくなったら抗がん剤治療は勧められない。次の八月のCT検査時には家族と相談の上、抗がん剤治療をするかしないか判断してほしい」と言われた。生きながらえる努力をしながらも、検査結果は悪化の一途だ。

　漢方薬、生活習慣と食習慣の改善努力の成果なのかどうかはわからないが、現時点において体調はよく自覚症状はでていない。普通に仕事をし、社会生活を送っている。腫瘍が大きくなっているとはいえ「抗がん剤治療を延期する」という去年の決断に自分としては満足のいく結果ではあった。

ただ、一年前の時点で余命一年を覚悟し「来年の桜を見るまでがんばる」「たとえ一年以内に死んでも本望だ」との強い想いがあった。

死ぬか、治るかの勝負だ。しかし、死にもしない、治りもしない。ずるずると悪くなっている中途半端な状態だ。せめて、いい方向にでもいっていれば引き続き「プロジェクトST」を実行！　なのだが……。最近はやりの「○○ロス」、私の場合は「余命一年ロス」による喪失感が生じている。すなわち目標を失い、積極的に考えたり、行動したりできない。

例えば、抗がん剤治療を強く勧められ、考えて判断をすることにストレスを感じる。おなかが出てくると腹水がたまってないだろうか、疲れると黄疸がでてないかと考えたり、血液検査の肝機能数値がちょっと高いと大丈夫だろうか、と心配になったりする。やりたいことを書いていたバケットリストも更新されず空っぽになっている。

自分自身で引いた「一年がんばる！」という目標値に足を引っ張られる形になってしまった。方向性を失っている。今一度自分の生き方、考え方を見直してみる必要が生じた。

ともあれ、今は身体は元気である。思い起こせば、一九九九年に告知された「余命一年」から十七年が経過した。この経験から、人の命の終わりについては、医者も知らず、自分も知らず、ただ神だけが知っている事柄であると思う。

私たちは「死」の時期に関しては神に任せ、普通の日常生活を粛々と過ごしていくのがいいのだろう。そうすれば突破口は開けるだろう。

「お元気ですか？」と言わせない

二〇一六年六月、「アスベスト被害の救済と根絶をめざす尼崎集会」に出席して以来、尼崎支部の飯田浩さんから「尼りかん」（隔月刊会報）が送付されてくるようになった。二〇一七年五月にも送付されてきて「お元気でお過ごしですか？」と手書きで書き添えてあった。

飯田さんは十数年アスベスト問題で活動されており、前年お会いした時「十六年も元気に生きている中皮腫患者さんとお会いできて嬉しいよ」と声をかけてくださった。「最近、元気にしていた患者さんの訃報を受けて、もうやめようかななんて気分になる」とも言われていた。この言葉の裏には、同志として活動してきた患者さんたちが、どんどん亡くなっていくのをずっと見てきて、怒りや悲しみと共に空虚感があり、疲れるのだろうと思った。

そんな飯田さんが私に「お元気でお過ごしですか？」と書くことにプレッシャーがあるだろうなと思った。その他の筋からも、時々「元気にしてますか？」との連絡を受ける。

便りがないのは元気な証拠というのは健常者の話で、せめて自分は生きているか死んでいるかのメッセージを発信する必要があると思った。

早速、亀校時代からの友人でインターネットに詳しい澤田さん（マージャン仲間でもあった）に「今からブログを作りたいんだけどどうすればいい？」と連絡した。「今からですか？　十二時（夜）ですけど、別にいいですよ」と快諾してくれた。すぐに彼の家に行き、アメーバブログが一般的で簡単でよく、とにかく公開できればいいからということでサクサクと作った。一時間程度で作成、二〇一七年五月二十七日午前二時に公開できた。ホントに簡単だった。これでもう「お元気ですか？」という質問をさせないですむ。

翌朝にはコメントが入っていた。昨年、「患者と家族の会」の澤田さんから「関西から胸膜中皮腫患者の方が相談に来るので、患者会に来ませんか?」と誘われ、お会いした中皮腫患者さん、プリリさん(ブログハンドルネーム)からだった。「ブログを見つけて嬉しいです」とコメントされていた。いやいや、こんなに早く見つけてもらってこちらこそ嬉しかった。

その日に携帯電話が鳴った。プリリさんだった。会で携帯電話番号を教え合っていたからだ。「是非とも、すぐ見てほしいブログがある」とのことだった。同じくアメーバブログのミギえもんさん(ブログハンドルネーム)のブログだった。

ミギえもんさんと「中皮腫・同志の会」

ミギえもんさんのブログは、「悪性胸膜中皮腫と言われてどこまで生きれるかやってみよう!」というタイトルだ。ブログの説明には、「二〇一六年七月に悪性胸膜中皮腫と診断されて、余命二年と突然宣告された。しばらく苦悩の末、どこまでがんばることができるか悪あがきしながら面白おかしく生き延びようと思った」とあった。

五十代男性、中皮腫発症のため仕事は退職した。ブログでは日常生活のことも含め、ご自身の気持ちを赤裸々に表現しているが、とても大きな病気を抱えているような雰囲気ではない。

そして、ミギえもんさんを中心に中皮腫患者がネットワークを形成していて、治療に関する情報交換や励まし合いをしていた。そして「中皮腫・同志の会」というオフ会(実際に集まる会)も計画されており、全国から集まるのだという。目からウロコ……、こんなところに! って感じだった。

既存の組織から派生した患者会ではなく、患者たち自身により自然発生的にできたネットワークというのは、インターネットの世界では当たり前なのかも知れないが、希少がんで予後の悪い中皮腫という意味では非常に貴重な存在だと思った。このようなところに参加している人たちなので、ブログの内容を見ても積極的で、主体的に「生きよう！」とする力を感じる。まさに、アメーバだ。

この「主体的」というのは、がん治療に関わる患者としては、大切なキーワードである。私は山登りをする。複数人で登る時にはリーダー、サブリーダーがいる。時々、メンバーに主体性のない人がいる。ただ、集合場所に来て車に同乗し、そして山に登る。どこの山に登っているかさえ自覚がない。どの程度の難易度かも把握していない。きれいな景色を見れば人一倍感動する。しかし、天候が悪かったり、体力的に大変になると文句が多くなったり、単独行動をしたりして非常に危険である。いわゆる「連れられ登山」だ。特にツアー会社の登山ツアーには多くいる。

がん闘病の世界でも「連れられ闘病」を見ることがある。なんでも人任せである。「先生の治療なら何でもいいです。とにかく助けてください」。まったく自分の治療目標や内容を把握していない。残念ながらそうした人に限って文句が多い。「信じていたのに、こんなはずじゃなかった」「先生が言ったんだ」「そんなこと教えてくれなかった」と言う。

第一回「中皮腫・同志の会」の集まりにお誘いを受けたが、都合がつかず出席できなかった。しかし、こうした主体的なアメーバのような人々と今後情報交換をして、闘っていきたいと思った。

「特攻隊ツアー」に出かける

「余命一年ロス」となり、「死を覚悟して死んでいった人たち」「死を覚悟したのに死ねなかった人たち」の気持ちを知りたいと思いはじめた。「いかに生きるか」ということは「いかに死ぬか」と表裏一体の問題である。このたび、自分の「死に様」について考えてみたいと思った。

二〇一七年六月中旬、「特攻隊ツアー」なる旅行を計画、出発した。靖国神社の遊就館（東京都）、戦艦大和の大和ミュージアム（広島県）、人間魚雷の回天記念館（山口県）、知覧特攻平和会館（鹿児島県）、天草四郎メモリアルホール（熊本県）、長崎原爆資料館（長崎県）に行った。各施設では、展示された当時の記録、解説、そしてボランティアによる説明で詳しく学ぶことができた。

特攻隊員の一人一人の人生の物語に感動しつつも、当時の世界情勢や国内世論により、どうしても戦わざるをえなかった時代の流れも知り、まさにミクロからマクロまでトータル的かつ体系的に知ることができた。

そして「アスベスト問題について知りたい時、私たちはどこに行けばいいのか？」と思った。夢の素材と言われ世界に広まっていった時代から、その危険が囁かれ、やがて世界的に禁止されていく推移、そして残存アスベスト問題への取り組み、アスベスト被害者たちの悲惨な状況、禁止のための民衆の抗議、先進国では禁止されていても途上国ではいまだ旺盛に消費されている実態、そうした問題を時代を追って体系的にわかりやすく知ることができる場所があるのだろうか？

また、今現在の問題として、中皮腫になった人とその家族が、インターネットでいろいろ調べようとしても、どこのサイトを見たらいいのかわからない。実際に行動するとしても、何からすればいいいか、どこに行けばいいかわからない。感情的には、予後や余命について消極的な情報ばかりでがっかりしてしまったりする。ひどい場合は、あきらめて「がん難民」になってしまった人もいる。

この旅行を通して、私はアスベスト問題やその疾患について、正確な情報を「記録し、集約し、伝承する」ことが大切だと思った。

例えば、自分の闘病記を書くだけでもいい。これまで、中皮腫といえば余命一年、五年生存率数％と言われて、患者にとっては身も蓋もない状況である。十七年生きたという現実だけでも希望になる。また、「患者と家族の会」には五年以上元気で生活している人もいる。そうした全国の長期生存者の人たちのインタビュー調査をして経験談としてまとめれば、患者さんの励みになる。また、中皮腫と診断されたばかりの人がインターネットを検索して道に迷わないように中皮腫ポータルサイトのようなものがあればいい。

また、将来的にはアスベスト問題について広く周知できる「アスベスト記念館」を設立し、現存する文書、写真、映像などを体系的に管理し、保管できればいい。「中皮腫・じん肺・アスベストセンター」や「中皮腫・アスベスト疾患・患者と家族の会」が所蔵する情報のアーカイブ的なものをイメージするといいかも知れない。また、記念館と銘打つと「もう終わった問題」と思われる節もある。そうであれば、アスベスト総合案内所、アスベスト情報センターとでも命名するのがいいかも知れない。夢は広がる。

五十にして天命を知る

二〇一六年十月二十七日、五十歳の誕生日を迎えた。夜勤のため出勤していたが暇な日だった。午後八時ごろ、いつも客待ちで待機している大学病院前で一人車外に出て星空を見ていた。雲もなくきれいだった。余命一年と言われた日から約十六年、ここまで生きてこられたのは本当にラッキーだなと思った。

以前、大河ドラマで織田信長が「人間五十年　下天のうちを比ぶれば　夢幻の如くなり　一度生を享け滅せぬもののあるべきか」と舞っていたのが印象的で、五十歳というのは大きな節目で大切な年齢なんだという意識があった。

自分がこの五十年間に成し遂げたことは何なのか？　そもそも何を成し遂げたかったのか？　まだ二十代前半でクリスチャンであったころ、もし何か（ペンダントなど）に人生で大切な言葉を刻むとしたら

「God&Family」にしようと考えていた。しかし、残念ながらどちらも得ることはできなかった。中皮腫になってからは、二、三年先の自分の生き方を考え、ただ十六年間を突っ走り、結果、築き上げたものはなかった。

孔子は「五十にして天命を知る」と言ったが、自分の天命とは何ぞや？ 考えれば考えるほど悲しくなり情けなくなって、そのまま仕事を切り上げ早退した。それでも、自分の五十歳の誕生日を祝うため、コンビニでファミチキ二個とワインを買った。

それから約半年後、「特攻隊ツアー」やブログを通して得た「気づき」、つまりアスベスト問題やその疾患について正確な情報を記録し、集約し、伝承することの大切さについてだが、その気づきこそが〝天命〟ではないかと思いはじめた。アスベストの危険性、アスベスト疾患と中皮腫の医療情報、労災・石綿健康被害救済法情報、労務管理情報などはかなり充実してきている。これからの自分にできることは、新たに調べるというよりは、これまでの事例をまとめ上げて整理して体系的にする、もしくは、一般の人がその情報に容易にいきつくことができるように交通整理するということだ。また、患者自身の立場から有用で優良な情報を積極的に発信したいと思う。

そういった「気づき」を得た時に行った「患者と家族の会」神奈川支部主催の講演会は、私にとっては大きな一歩だった。

タイトル：腹膜中皮腫十七年療養　「もはやこれまで」
日　　時：二〇一七年六月二十七日（火）十三時～十四時十五分
場　　所：横浜市港町診療所二階会議室

※この講演はＹｏｕＴｕｂｅで見ることができます。

自分の闘病について、人前で話をするのは今回が初めてだ。人に伝えるための骨子を考え、一つ一つの出来事をまとめる作業は自分の人生を振り返るのにも役立った。

神奈川支部の鈴木江郎さんの挨拶から始まり、尼崎支部の飯田浩さん、ひょうご支部中田有子さん、関東支部の天野理さんの挨拶があった。この集まりは通常の「患者と家族の会」神奈川支部の集まりを講演会という形にしたものだが、他の支部からも聞きに来てくれていた。約六十分間、写真をプロジェクターで映しながらの講演だ。

この講演を機に「患者と家族の会」の組織名で名刺を作り、肩書は「中皮腫相談担当」とした。新聞社の取材を実名、顔出しで了承し、新聞記事になった。講演は動画で撮影されＹｏｕＴｕｂｅで配信された。私自身の意気込みをこのような形で表現できたことを嬉しく思う。

講演の最後に、これから活動しようとしていることについて明示し、協力を求めた。すなわち自らの闘病記を出版すること、全国に散らばっている中皮腫長期生存者のインタビュー調査をして経験談をまとめること、中皮腫ポータルサイトを立上げること、そしてアスベスト記念館構想について。すぐに反応があった。「患者と家族の会」と「中皮腫・同志の会」が協力の意向を示してくれた。本当に心強かった。七月初旬には「患者と家族の会」の全国事務局会議で了承をもらい、プロジェクトＫ「アスベスト被害情報の有効な活用と将来への伝承に関する仕組みづくり」としてスタートさせた。

七月十一日には活動の実行部隊として協力の意向を示してくれた「中皮腫・同志の会」の会長右田孝雄さんとそのメンバーのもとに飛び、今後の活動について話し合い「泉南石綿の碑」に行き、共に決意を新たにした。ちなみに「泉南石綿の碑」とは、大阪・泉南地域のアスベスト被害を訴えた集団訴訟の元原告や支援者たちが、アスベスト被害を風化させることなく後世につなげていくために建てたものである。

右田さんとの活動は、長期生存者と元気に生活している中皮腫患者を洗い出し、実際に訪問してインタビュー調査を行うことからはじまった。訪問先は全国にわたるため、同時にその地の中皮腫患者さんたちと励まし合うため各地で講演会、交流会をすることを計画した。インタビュー調査の内容の一部は取りまとめて、本書のパート2に掲載する。

「中皮腫サポートキャラバン隊」

全国各地で実施する講演会、交流会は「中皮腫サポートキャラバン隊」と銘打ってピアサポート活動を中心とした。ピアサポートとは「同じ立場の者同士の支援」という意味。中皮腫は希少がんのため患者同士が話し合う機会はほとんどなく、中皮腫患者でなければわかり合えないこと、知りえないことがたくさんある。そうした中皮腫患者による中皮腫患者のための活動を展開することにした。

二〇一七年九月から二〇一八年三月時点で、札幌、神戸、東京、新潟、福岡、鹿児島、名古屋、静岡、金沢、広島、山口、仙台などでキャラバン隊による講演会を実施した。

活動内容は、右田さんと私のブログで配信をしたり、「患者と家族の会」の会報で報告した。また、できるだけ多くの患者さんに知ってもらい、見てもらうために新聞、雑誌、テレビなどのマスコミ取材などを受けて広く周知した。

その他、ブログや「患者と家族の会」を通して連絡をいただいた患者さんに対して、戸別訪問、病院訪問などをした。その結果、キャラバン隊活動全体を通して、一〇〇人を超える中皮腫患者さんたちとお会いすることができた。

二〇一八年一月には胸膜中皮腫の新しい治療薬であるニボルマブ（オプジーボ）の早期承認を求めるため患者仲間五人と共に厚生労働省に要望書（日本肺癌学会、日本肺がん患者連絡会と連名）を提出することができた。

二〇一八年三月には、右田さんと共に日本肺癌学会のガイドライン検討委員会胸膜中皮腫小委員会委員として選出され、中皮腫の医療的な側面に患者として協力する道が開けた。

また、二〇一八年六月には、「中皮腫患者一〇〇人集会　省庁交渉だよ！　全員集合」と銘打って省庁交渉・院内集会を実施し、アスベスト被害者として私たちが抱いている気持ち、生活の窮状、深刻な病状などを生の声で国に訴えたいと計画している。一〇〇人の中皮腫患者が集まり、その他アスベスト疾患患者、家族、遺族、支援者が集まれば三〇〇人で会場が埋め尽くされるだろう。

二〇〇二年、村山武彦早稲田大学教授（当時）らの「わが国における悪性胸膜中皮腫死亡数の将来予測」で、二〇三〇〜二〇三五年にかけて胸膜中皮腫患者の死亡者数のピークが来るだろうと予測されている。二〇一六年の死亡者数が一五五〇人に対して、その予測では約三倍になる。

これから、自分自身にどのくらい時間が残されているかわからない。しかし、私と右田さんがはじめた「中皮腫サポートキャラバン隊」活動が、私たちがいなくなっても続く活動になるように二人が生きている間に礎を築いて、今起きている、これから起こるアスベスト被害に備えるものになればよい。そして、いつかアスベストがこの世からなくなり、風化して忘れ去られればよい。

12 病歴と職歴・居住歴

アスベスト疾患はいつ、どこで曝露したかわからないことが多い。参考までに自分の病歴と居住歴をかいつまんで述べておく。

一九六六年十月　静岡県静岡市清水区で生まれる。十八歳まで清水区在住。清水市立高部小学校、清水市立第六中学校、清水市立商業高等学校。父親は型枠大工で中高生の約五年間にわたり学校休日にアルバイトをする。

一九八五年四月　高校を卒業し、大手電機メーカー（約一年勤務）。半導体製造。工場所在地、居住地は東京都小平市上水本町。

一九八六年三月　精密機器製造会社（六年間超硬合金の研磨作業に従事、七年間事務職）。工場所在地は東京都立川市高松町（旧中島飛行機、旧新立川航空機の敷地内、スレートの古い建物）。居住地は東京都国分寺市。

一九九八年七月ごろ　企業健診。胃部レントゲン（バリウム検査）にて腹部に影を認めるが経過観察。

一九九九年七月ごろ　企業健診。再度、腹部に影を認めたため、医療機関にて再検査。

一九九九年九月ごろ　都立府中病院にてCT、MRI、胃カメラにて検査。腹部にゴルフボール程度の大きさの腫瘍を認める。

一九九九年十一月　静岡県立総合病院に転入院。

一九九九年十二月十五日	**（三十三歳）第一回手術。腹膜腫瘍摘出手術。**
一九九九年十二月二十四日	腹膜中皮腫と診断される。余命一年宣告を受ける。
二〇〇〇年四月	東京都立亀戸技術専門学校入校。千葉県松戸市に転居。
二〇〇一年五月	N社（仮名。情報管理会社、コンサルタント）入社。
二〇〇四年四月二十一日	**（三十七歳）第二回手術。腹膜再発腫瘍摘出手術。**
二〇〇四年六月	「中皮腫・アスベスト疾患・患者と家族の会」に入会。
二〇〇六年三月二十七日	石綿健康被害救済法施行。
二〇〇七年十二月六日	**（四十一歳）第三回手術。腹膜再発腫瘍摘出手術。**
二〇〇八年六月	N社（仮名）退社。
二〇〇九年九月	Mタクシー（仮名）入社。
二〇一四年十二月十二日	**（四十八歳）第四回手術。腹膜再発腫瘍摘出手術、肝左葉外側区転移切除。**
二〇一五年五月	千葉県鎌ケ谷市に転居。
二〇一六年四月	（四十九歳）腹膜播種増大、肝臓と肺に遠隔転移、手術は不可能で抗がん剤治療（アリムタとシスプラチン併用療法）を勧められるが治療を延期。
二〇一七年七月	（五十歳）アスベスト問題への関心を広めるためのプロジェクトを開始する。
二〇一七年九月	右田孝雄さんと「中皮腫サポートキャラバン隊」をはじめる。

［付］「中皮腫・アスベスト疾患・患者と家族の会」

「中皮腫・アスベスト疾患・患者と家族の会」は、二〇〇四年に、アスベスト患者への支援を目的として発足した。日本で初めての、アスベスト疾患（中皮腫、肺がん、石綿肺、良性石綿胸水、びまん性胸膜肥厚など）の患者と家族の団体。全国に二十二の支部があり、支部ごとに定期的に患者会や相談活動を実施しており、孤独になりがちな被害者やその家族が支え合う交流の場を提供している。また、病気になったことの原因を明らかにすることを通じ、労災補償や石綿健康被害救済制度の適用を支援する。アスベスト被害について、全国的なネットワークを持つ、国内で唯一のアスベスト被害者団体。詳細についてはフリーダイヤルまたは本部へお問い合わせください。

〒136－0071　東京都江東区亀戸7－10－1　Zビル5階
フリーダイヤル　0120－117－554
FAX　03－3683－9766
http：//www.chuuhishu-family.net/w/

パート2

聞き書き　六人の患者の場合

　がん患者の長期生存者というと一般的には何年くらいだろうか？　がんの種類によっても相違があると思うが、中皮腫に関する研究論文などを見ていると四、五年くらいで長期生存者と謳っている（「化学療法により長期生存中の悪性腹膜中皮腫の1例」北里大学メディカルセンター外科　二渡信江他、「5年間生存し末期に急激な病勢の進行を認め多臓器転移をきたした胸膜中皮腫の1剖検例」太田真一郎他）。

　中皮腫患者の立場としては複雑な心境である。若年者であれば、五年を長期生存とされるなら人生設計がほとんど成り立たなくなる。私個人としては最低でも十年を長期生存者と呼びたいし、そのくらいをめざしたい。

　中皮腫患者の長期生存者を探すために「中皮腫・アスベスト疾患・患者と家族の会」（以下「患者と家族の会」）やブログ上で呼びかけをした。「患者と家族の会」を通し三人の患者さんを紹介していただいた。それぞれの患者さんに連絡したところ快諾していただいた。新潟県一名、北海道一名、東京都一名の概ね発病後十年の中皮腫患者のもとを訪れ、インタビュー調査をすることができた。その他十年に達していなくとも元気に生活している方、直接お会いできないのでメールを通して話を聞いた方も対象とした。

　インタビューを行うにあたり、「中皮腫・同志の会」の右田孝雄さん、藤原妙子さんの協力をいただいた。右田さんは二〇一六年七月に胸膜中皮腫と診断され、六ヶ月間で九回の抗がん剤治療をされ、現在経過観察中である。その間、ブログを立ち上げ、ブログ仲間で中皮腫患者のサークルを構築し、中皮腫患者と家族の心のケアや治療に役立つ情報発信をめざし活動をはじめられた。二〇一七年六月には関西地区においてオフ会（ネット上で交流していた人たちが実際に顔を合わせる集まり）を開催し、その時に「中皮腫・同志の会」を結成され、現在、会長として全国にその輪を広げるべく、奮闘されている。

藤原さんは、二〇一六年一月に胸膜中皮腫と診断され、当初は抗がん剤治療をするつもりではいたが、医療者の不誠実な対応やご自身による調査により、抗がん剤治療をせず、現在に至っている。彼女もまた「中皮腫・同志の会」の副会長として活動されている。

ここに掲載した六人の経験談は、個人的なものであり、それぞれの人が実践している内容が全ての人に当てはまるわけではない。しかし、中皮腫患者として闘病することのヒントや共通している精神がある。それは生きることに前向きであり、いつでも自分で治療を選択していることだ。そして、西洋医学による治療だけではなく、生活改善をしたり代替療法を取り入れて自己免疫力を高める努力をしている。

中皮腫と診断されたら余命一年、そんな絶望的な情報に困惑させられることなく将来に希望をもって生活できることを知ってもらいたい。

（栗田英司記）

ケース1　中皮腫、受けとめて生かされていることに感謝

新潟県　岡田伸吾さん　男性　六十二歳
二〇〇五年　胸膜中皮腫　無治療　十二年
二〇一七年七月　報告者　藤原妙子

今回インタビューをさせていただいた新潟県の岡田さんは、胸膜中皮腫の診断後十二年、無治療で過ごされている方である。インタビュアーである私自身、悪性胸膜中皮腫と診断されて一年半を無治療で過ごしてきたところだった。栗田英司さんから岡田さんへのインタビューを私にとお誘いいただいたのも、無治療と温浴療法という共通点が理由だったとのこと。私としてもぜひお目にかかってお話をお聞きしたいと二つ返事でお引受けした。

二〇一七年七月二十二日。新潟県に「中皮腫・アスベスト疾患・患者と家族の会」（「患者と家族の会」）の新潟支部を作ろうという発起の会合で初めて岡田さんにお目にかかった。第一印象はとても顔色がよくツヤツヤされていて、しわがほとんどない！　女性なら、どんなスキンケアをしているんですかと聞きたくなる、そんな印象だった。

とても深刻な病気に冒されているとは思えない健康的なイメージだった。その会合で、新潟支部の発足にあたっては、岡田さんが世話人を務めることに承諾されているとのこと、新潟県民ではないが遠方からオブザーバーとして参加した私たちから見ても適任と感じ、この場に同席できたことに喜びを感じた。そ

の日は簡単な自己紹介程度の挨拶にとどめ、インタビューは翌日、市内で行った。

七月二十三日、新潟県内をはじめ東北地方でも大雨で、朝からニュースで豪雨災害の映像が流されていた。そんな中、新潟市内のファミリーレストランにお越しいただき、栗田さんと右田孝雄さんと私の三人で対応し、私たちの質問に一つ一つ、ゆっくりと誠実に答えていただいた。

十二年の闘病を振り返って

二〇〇五年一月。岡田さんは、前月から咳が続いていて治まらないので近所の開業医で受診した。レントゲンを撮ると左の肺が真っ白だった。岡田さんにもただ事ではないことがわかった。大きな病院での精密検査が必要ということで新潟済生会第二病院にてCT検査、生検を経て、一月十四日、中皮腫と診断を受ける。その時の医師の言葉としては「今度入院する時は三ヶ月くらいになります、その時は対症療法をするための入院になるでしょう」と言われた。

「今思えば三ヶ月というのは余命のことだったのであろう」と、後日振り返ってそう思った。CT画像を見ると肺が胸水に圧迫されている状態だった。しかし、胸水を抜いてから六ヶ月間、二週間おきにレントゲンを撮ったが水は増えていなかった。

医師は「何が起きたんでしょうね」と、進行していないことをむしろ不思議に感じたかの様子で、その状況を受けてまずは治療をせずに様子見となった。

この当時の担当医は三十代の若い医師だったが、はっきりと物を言う人で、言いにくいようなことも遠慮なく説明してくれた。「この病気には肺を取るくらいしか治療法はありません。抗がん剤も効く人はわずかです。抗がん剤をしたとしても治療ではなく延命のための治療となりリスクを伴います。岡田さんの場合はリスクのほうが高くなるのでまずはこのまま様子を見ましょう。何かあればすぐに来てください」と言われた。

病院が近かったこともあり、その言葉は心強かった。岡田さんには以前から薬物に対してかなり強いアレルギーがあったため、薬物の使用には特に慎重になったことが伺われる。薬のアレルギーは中皮腫発症以前からで、薬が効く時は劇的に効くのだが、効かない時は真逆に出るため、めまいがしたり数日寝込んでしまうような経験もされていた。そのような経緯があり、その後に襲う痛みに対しても薬はほとんど使用せずに過ごしてこられた。

こと抗がん剤に関して岡田さんは自身の発病以前から、知人や身内のがん治療を見て、また世間一般の見聞を通してその弊害を感じており、実際のところがん患者には、がんそのものではなく抗がん剤の副作用で亡くなる方も多いと個人的に感じていたため､その使用は希望しなかった。抗がん剤の使用をしなかったことは、アレルギーよりは自身の意思によるものと明言されている。

二〇〇六年三月、石綿健康被害救済法施行。この少し前に岡田さんは救済法施行を告知する記事を新聞で読み、治療費が公費で負担されること、各地の保健所で手続きできることを知り自身で手続きをはじめる。この手続きの際に配布された資料を通して、中皮腫という病気について初めて詳細を知る。大変な病気であると漠然とは把握していたが、余命が三ヶ月から六ヶ月といったことが書かれており、担当医にも確認し、確かにそういう病気であると告げられた。この時に岡田さんは自分の余命を医師に尋ねている。担当医はじーっと黙った後、「進行がゆっくりなので三年かな」と言った。

またこの時期から痛みの症状がでてきた。痛みはさまざまで、肺全体の鈍痛であったり、異物でコリコリと刺されるような強い痛み、時にはその場にうずくまってしまうような激痛も経験した。

このころから仕事はだんだんと減らしていた。二〇〇〇年に購入した家のローンがあったが、建築関係の自営業で、請負の仕事を引き受けると三ヶ月くらいのスパンになるので、先が読めない状態で引き受けることは難しかった。

二〇〇八年八月、右肺にも胸水が認められた。画像では左右同じくらいの量が溜まっていた。主治医は少し黙って、「様子を見ましょう」と言った。岡田さんの場合は薬物で治療をするほうがリスクが高いため選択された無治療の方針であったが、その間、治療をしないことに本人としては少なからずプレッシャーがあった。そしてこのころからしばしば、かなり強い痛みに襲われる。一番酷かった時は気を失うほどの激痛だったが、前述の理由からやはり痛み止めなどはほとんど飲まずに過ごした。

この当時、受診していた担当医は三人目で、それまでの医師と違ってレントゲンやCT検査の結果について詳細を説明せず、知らないほうがいい、それよりもしたいことをして過ごすほうがいいですよといったスタンスで対応された。あくまで推測の域を出ないが、その医師自身が中皮腫をかなりネガティブに捉えていたのかも知れない。このころ、自覚症状では最も苦しい時期だったので、病状を知ることができないことでストレスが倍増した。同時に、それまでも行っていた温泉での湯治によりしっかりと取り組むようになる。

二〇一三年ごろ、市民病院に転院、担当医は四人目となる。若いが、詳しくはっきりと病状を話してくれるので岡田さんとしては安心できる医師だった。最初の診察で、中皮腫というのは誤診の可能性があると言われた。というのも、岡田さんはこの時すでに発症から八年を経過しており、後日談として、医師からすればこの状態で生きている人は見たことがないということだったようだ。しかし以前の病院での検査データを見て訂正し、やはり中皮腫であるという診断に至った。

その時医師は「一〇〇人の医師が診て九十五人はこのまま行くことを勧めるだろう。手術を勧めるのは五人」と言った。そして、その医師は手術を勧めると言った。手術をするには、薬物のアレルギーを何とかしなければならない。手術に向けて、様々な痛み止めなどを試したが、やはりアレルギーで身体はフラフラ、吐き気止めを飲んでも吐き気が止まらず、とても薬を使える状況ではなかった。

この時期、岡田さんは、ある程度死というものについて覚悟を持っていたし、片肺を残しても厳しいものになると考えた。本人はアレルギーのことは別として手術を希望する気持ちはなく、手術はしないまま、再び経過観察のみの道を選択することになった。

このころ、帯状疱疹を罹患し、免疫力が落ちていた。仕事をしなくなっていたためどんどん体力が落ちた。仰向けで寝ると肺が痛くて辛く、横向きで寝ていた。筋肉が弱くなり身体のバランスが悪くなる。足の長さが左右で異なり蛇行しながら歩くまでに衰えてしまった。そのための対策として、ストレッチや散歩をはじめる。

二〇一二年ごろから呼吸困難に見舞われる。酸素が足りなくなり意識を失いそうになることを、これまでに三、四回経験した。自宅にいる時とは限らず、車に乗っている時もあり、不意におとずれるので怖いと思った。しかし最近はそのようなことはなくなった。それは運動をしているからだと岡田さんは語った。

二〇一四年ごろ、新聞にアスベスト関連の相談会の記事が掲載された。すぐに「患者と家族の会」に連絡すると、東海支部の成田博厚さんが応対し面談してくれた。それを機に会と接点を持つようになる。中皮腫についての情報がほしいと思うようになって、活動をはじめた。会を通して、近隣で中皮腫の患者さんとも知り合い、長期生存の先輩として助言などもされている。このたび、新潟支部の立ち上げがかなえば、何かの役に立ちたいと思い、依頼を受けて世話人を務める予定である。

二〇一五年、会からの依頼で、新潟県庁にて中皮腫患者の代表として記者会見を行った。電気工事をしていて曝露したこと、全国に同じアスベスト疾患の患者がたくさんいることなどを訴えたが、やはり希少疾患であり、社会の関心はまだまだ薄いという印象を受けた。

ここまで、岡田さんに十二年間の闘病生活を振り返っていただき、お聞きした内容を大体の時系列に沿って書かせていただいた。

長期生存の秘訣

以下に岡田さんとのインタビューを通して、そのお話の全体に流れていたもの、そして後につづく中皮腫患者やご家族の方々にとって参考になるであろう長期生存された秘訣のようなものを記したい。特に印象的だったのはこれら四つのポイントである。

①信仰との関わり　②家族への想い　③運動と湯治　④身体の変化を察知する能力

①信仰との関わり

岡田さんは中皮腫になる以前の二〇〇二年から信仰を持つようになっていた。いわゆるお寺の住職とは違うが昨年得度されたとのこと。前日にお会いした時点で、岡田さんにはこの病気の受けとめ方に達観されたようなところがあった。それには闘病の年数だけではなく、もっと深い理由があると感じられたが、信仰のことをお聞きして紛れもなくそれだと感じた。

会話の端々から生きていることへの感謝、そして病気をまっすぐに受けとめておられる様子が伺えた。岡田さんは、環境再生保全機構から配布された資料で極めて予後の悪い病気と知った時に、医師に自分の余命を確認している。余命三年との医師の答えに「充分だと感じた。それまでの信仰の教えから無理な延命は必要ないと、静かにまっすぐに受けとめることができた」と語る。やせ我慢ではなく真摯に受けとめておられることがひしひしと伝わり、同じ病の身としてはただただ頭の下がる思いだった。

そして死は、親、自分、子、孫へと続いていく一連の流れの一区切りに過ぎない。死をそのまま受けとめよう。今を感謝をもって生き、次の世代につなげていくことが大事だと、岡田さんは静かに語った。

②家族への想い

岡田さんには妻と娘が二人いる。中皮腫になって、もちろん病名などは伝えたが、具体的に「余命が非常に短い」といったことについてはほとんど話したことがなかった。定期検診の結果を聞かれて「変わりないよ」と答える程度で、妻が気にしていることは伝わったが、簡単な返事をしていた。

二〇一三年ごろまで詳しいことはほとんど話さず、痛みも家族にはできるだけわからないようにしていた。家族を巻き込みたくなかった岡田さんなりの優しさなんだなと感じた。「最近ではステージⅣだぞー、大事にしてくれよー　などと言ってみるが、元気そうにしているので、それほど心配していないのではないかな……それでいいと思っている」と笑顔で話してくれた。

③運動と湯治

仕事をやめて体力が落ちたことや、不意に襲われた呼吸困難などを解消するために、医師の勧めもあって運動をはじめた。運動は信濃川の河川敷で、自然に触れながらの散歩。最初は長く歩けなかったが、徐々に距離を伸ばして汗をびっしょりかくまで一時間くらい歩けるようになった。運動していると身体が変わっていくのがわかる。感覚が違う、呼吸が楽になる。今では健康維持のための大切な日課となっている。

一時期、からんだ痰をうまく吐き出せなくなったこともあったが、それも医師に運動すればよくなると言われ、実際散歩をはじめてからはその心配もなくなった。いろいろな意味で運動が重要と感じている。

標準的治療を行っていない中、岡田さんが熱心に取り組んでいるものにもう一つ、湯治、つまり温浴療法がある。温泉はいろいろな病気に効能があるといわれて久しいが、岡田さんの場合、中皮腫を発症したことがきっかけではなく、若いころから椎間板ヘルニアの持病に対して効果を実感していたことが現在の湯治につながっている。三十代のころ、整形外科での治療にほとんど効果がなかった状況で、当時の温泉ブームに乗って何気なくはじめた温泉治療は大変効果的で、痛みの緩和につながった。

そんなわけで、それ以降も度々温泉に出かけていた。いくつもの温泉に出かけるが、中でも中皮腫の治療の一番の拠りどころが秋田の後生掛《ごしょうがけ》温泉での湯治である。岡田さんの後生掛温泉での湯治の日課はだいたい以下の通り。

一日目：新潟、四時出発→十二時、後生掛温泉着→湯治→休憩→夕食

二日目以降：四時、起床　湯治（四十分）→休憩（六十分）→朝食（二時間）ビールを飲む→休憩→散歩（三十〜四十分）→休憩→湯治（六十分）→休憩→夕食→二十時くらいには就寝

片道約四〇〇㎞、七時間かけて車で向かう。いわゆる温泉宿ではなく、湯治施設のようなところを利用

するので基本自炊。好きなビールやお酒を持ち込んでゆっくり過ごす。現地は大広間にテレビがある程度で最近でこそ携帯が通じるようになったが、周りには何もなく外界と切り離されている。温泉に浸かってのんびり休み、好きなお酒をたしなむだけの生活だ。

二、三日目、身体がだるくなりしんどくなるが、それはいわば好転反応のようなもので、四、五日目には身体が軽くなり楽になるのがはっきりと自覚できる。定期的に行っているわけではなく、体調が悪くなってきたら行くようにしている。結果的に三ヶ月に一度、四、五日くらいで通うリズムになっているようだ。

その他、日帰りで新潟県の塩ノ湯温泉や栃尾又温泉、少し足を延ばして山形県の赤湯温泉や肘折《ひじおり》温泉に行くこともある。温浴は中皮腫の痛みの緩和にもかなり効果的とのこと。

④身体の変化を察知する能力

岡田さんにインタビューしていて、しばしば、「身体が変わるのがわかる」「身体の声を聴く」といった言葉が聞かれた。それは一般の人が語るのとは響きが違って聞こえた。通常は痛いとすぐに薬に頼るものであるが、体質で薬を思うように使えない岡田さんとしては、痛みや苦しさがかなりのレベルのものであっても、そのまま受けとめて過ごして来られた。

そういった状況の中、自身の身体の変化には、一般の人より、感覚が鋭いのではないだろうか。それは、自分の身体の変化を化学的に軽減する術を放棄したからこその能力なのではないか。恐怖とか逃避したい気持ちを乗り越えた先にあるものなのではないだろうか……。少なくとも私にはそう感じられた。

終始静かに語る岡田さんだったが、唯一、はっきりと怒りの感情を表されたのは、アスベスト問題に関する国の責任について考えをお聞きした局面だった。アスベストの危険性を知っていながら対策が著しく遅れたこと、またそこから派生する労災や障害年金の手続きでの不誠実な対応など、これについてはどの場面よりもはっきりした口調で意見を述べられたことが印象的であった。なるべくしてなった病気ではない、明らかな人災であることを忘れてはならない。今後、私たちの子どもや孫への二次被害の発生を防止することなどで、一番の被害者である私たちが闘っていかなければならない問題がそこにある。このことを改めて強く感じた。

最後にこれまでの振り返りと現在、そしてこれからのことを尋ねた。

「十三年目に入って振り返ると『山あり谷あり、越えて来たものがあるんだな』と感じる。これからのことについて以前『段々ときつくなっていくんじゃないですかね』と言った医師がいた。今の主治医は『何となくこのままいくんじゃないですか』と言ってくれる。きつくなるとしても、今それを考えても仕方ない。好きなお酒を飲み、娘や孫との日々を大切に、貴重な時間を家族のために使いたい。きついならきついなりにやっていこうと思う」。

本当に仏様のような穏やかな声と話し方。決しておごらず欲張らず謙虚な姿勢。乗り越えてきたものは大きく、岡田さんの生命力の一部を成しているのだと思う。とても真似はできないほど偉大であるけれども、これからも私たち後進の患者にとって、信濃川のように一番長くどこまでも導き流れて行っていただきたい。最後にがっちりと握手をして強い生命力をわけていただき、未だに病気のことで一喜一憂してしまう中皮腫二年生の私の心は、まだまだいけるぞ、負けないぞと、病気に立ち向かう勇気でいっぱいに満たされた。

ケース2　運命的な出会いの主治医に支えられて

東京都　千歳恭徳さん　男性　六十六歳
二〇〇五年　胸膜中皮腫　手術　十二年
二〇一七年八月　報告者　栗田英司

私が千歳さんと初めてお会いしたのは、二〇〇五年七月の「患者と家族の会」の関東支部の患者会だった。当時クボタショックの渦中、石綿健康被害救済法制定直前で、世間がアスベスト問題に大きな関心を示しており、患者会にマスコミも来ていた。千歳さんは、まだ手術が終わって間もないころだったせいか少しやせた感じに見えた。そんな体調でも、ご自分の病状やアスベスト曝露について熱心に語っておられたのを覚えている。

その後、マスコミ記事や会の会報で千歳さんが積極的に活動されているのを拝見するようになった。反面、当時の私は、会にはほとんど顔を出すことなく十年近く会費を払うだけの会員だった。そのころから大きく道をわけた形になり、今更ながら千歳さんにインタビューをお願いすることに多少の引け目を感じたが、快く承諾してくださった。

二〇一七年八月二十一日。東京都品川駅、改札をでた時計台で十時に待ち合わせをした。今回はインタビュアーとして兵庫県から藤原妙子さんも参加してくださった。三人そろったところで近くの喫茶店に移動しながら、周辺の案内をしてもらった。

品川駅は新幹線停車駅で周辺には大きなビルやホテルが立ち並び、平日はビジネスマンが、休日はスーツケースを持った多くの観光客が行き来している。千歳さんは品川駅付近にもう三十年以上住んでいるそうだ。地方出身の私にはどこに住居があるかよくわからない。

インタビュー場所は、老舗の喫茶店で広くて開放感がある。しかし、入り口から入った正面に不自然に幅二mくらいの壁があって、直線的に店に入れない構造になっていた。千歳さんいわく、「もう数十年前になるけど、ヤクザの抗争で喫茶店の外から店内に銃弾が撃ち込まれたんだ。その後、改装して外から店内が見えないようにしたんだよ。物騒な町でね」。まさに地元民ならではの情報だ。

インタビューをはじめる前に、千歳さんが「最近、耳が聞こえにくいので大きな声でお願いします。時々曖昧な返事をしてしまうかもしれないが気にしないでください」と前置きした。

大学時代のアスベスト吹き付け作業

千歳さんは、一九五一年生まれの六十六歳、出身は大分県。大学進学のためこの品川付近に上京した。大学時代、生活費のため同郷の友人を含めて十人程度で主にビル建築現場や倉庫、地下鉄の電気設備、住宅関係のアルバイトをした。

それらのバイトの中の一つに、石綿吹き付けのアルバイトがあった。一九七〇年一月から一年間、延べ日数三十日程度行った。

千歳さんが自身の記憶、そして後に友人たちの記憶を総合してわかっている現場を上げてくれた。大手町合同庁舎、住友3Mビル、平和島競艇場、JR赤羽駅西口のビル、川崎市の工場、千葉県五井の工場、川口市の会館、厚木市の現場、川崎市の体育館、川崎市の団地の住宅。

仕事の前日に親方から「明日朝六時に赤羽駅の前、〝梅木〟の前に集合」と連絡が来て、そこに行くと車に皆で乗り、どこに行くかもわからず出発した。

作業現場には、アスベストの入ったコンプレッサーと水の入ったコンプレッサーがあった。そこから五m程度伸びたホースの先端から勢いよくアスベストと水が噴き出して壁に吹き付けられる仕組みになっていた。親方はそのホースでアスベストを吹き付け、千歳さんたちアルバイトはコンプレッサーにアスベストをほぐしながら詰め込む作業をしていた。親方の移動に合わせ、コンプレッサーも移動した。千歳さんたちアルバイトはホコリっぽいので木綿のマスクとタオル、軍手をしていたが役に立たなかった。親方はもう少しいい防塵マスクをしていたが、今思えば全く役に立たないものだった。

吹き付けたアスベストの三割くらいは天井からポタポタと落ちてくる。それをコテで押しつけて圧着する作業もアルバイトが行った。一つの現場が終わると現金でアルバイト代を受け取った。

時代背景を考えると、高度成長期の建設ラッシュで作業は急ピッチで行われていたので、労働安全衛生ということには全く配慮されていなかったのであろう。五%以上含有の吹き付けアスベストが禁止されるのは、そのアルバイトの五年後の一九七五年のことである。

その後、大学を卒業し品川に本社を持つ企業の営業マンとして働きはじめ、結婚し品川に住居を構え、娘を二人授かり育て、孫も授かり順調な人生を歩んだ。

ただ、二〇〇〇年ごろ、五十歳を前にして、血糖値が高くなったり、不整脈が現れたりしはじめた。

運命的な出会い

千歳さんのお父さんは少年野球の監督をしており、全国大会にも出場したことがあった。千歳さんも少年時代から野球をしていたため野球が大好きだ。大人になっても野球観戦を趣味とし大の巨人ファンだぞうだ。

二〇〇一年にイチローが大リーグ、シアトルマリナーズに移籍した。千歳さんは、毎日のようにテレビでイチローの活躍を観ていて「これは行かなきゃいかん」と思い、友達と九月九日のシアトルマリナーズ観戦ツアーに行った。現地空港からホテルへはリムジンで送迎してくれた。千歳さん一行三人と、別ツアーの日本人夫婦が同乗した。ご夫婦は、夫が医者で奥さんが看護師というドクター夫妻で、休日を利用してマリナーズ戦を観戦しに来ていた。そんなことで話が弾み、リムジン車中で楽しい時を過ごすことができた。

マリナーズ戦の観戦を楽しみ十一日に帰り支度をしていたが、空港で足止めされることになった。ニューヨークの9・11テロでアメリカ中の空港が閉鎖されたのだ。

現地の旅行会社は日本人を一ヶ所に集める対応をした。情報が円滑に伝わるようにするための処置だ。千歳さんたちがその指示のあったホテルに向かうと、また偶然ドクター夫妻に会うことになった。ドクター夫妻は仕事上の都合で是が非でも帰りたいとのことで、自力でチケットを取ろうと考えていた。千歳さんは休暇を一週間取っており余裕があったのでとりあえず待った。

二日後、空港が再開され、皆でキャンセル待ちに並んだ。飲まず食わず、警察犬がうろうろする中、あっちに案内されこっちに案内された。先にキャンセル待ちで並び飛行機に乗った乗客が、結局フライトせず、また降ろされている光景を何度も目にした。並んでいても先が見えない状況だったが我慢した。結局十二時間並んでチケットを取ることができた。都合五日くらい足止めされたことになる。

帰りの便で、再びドクター夫妻と乗り合わせた。「どこにお住まいですか？」と聞き、お互いが品川に住んでいることがわかり、名刺交換をした。帰国後連絡を取り、その時一緒に帰ってきた人たちで「シアトル7」というグループを作り、東京ドームに行ったり、日本でのメジャーリーグの開幕戦を見に行ったりし、交流を深めた。

早期発見と手術

ドクター夫妻の夫（以下「K先生」）は内科医だったので、その前から調子の悪かった糖尿病や不整脈の相談をするようになった。K先生は、当初は昭和大学病院勤務だったが後に荏原病院に異動、現在は大井にクリニックを開業されている。

二〇〇四年十月。荏原病院での不整脈の検査中に右肺に影があるのがわかった。大きさは一円玉くらいであった。とりあえず経過観察とした。二〇〇五年一月、CT検査の結果白い影がかなり拡大しており、肺がんではないかと推測された。

その時の心境は「ずっと若いころからタバコを吸っていたので、きちゃったな〜」と思ったそうだ。そして一週間後、検査入院し針生検を含む精密検査を受けた。

千歳さんはいつも診察時に、ノートを持って行くそうだ。そのノートに医師が臓側胸膜と壁側胸膜の絵を書いて、臓側胸膜に腫瘍ができていて大きくなっていると説明した。この時、胸膜中皮腫と診断された。医師から「中皮腫はアスベストを吸ってできる腫瘍だけど、思い当たることはある？」と聞かれた。すぐにピーンときた、学生時代のバイトのことを。

治療方針について「今度は、奥さんと一緒に来てください」と言われ二日ほど空けた。その時、自分自身は思いのほか冷静に話をして判断もできたそうだ。転移なし、胸水なし、病状は初期と思われると説明を受けた。ただ「放っておくと酷くなりますよ」と言われ、選択肢は、手術、抗がん剤、放射線くらいだから、即決で「とにかく、悪いところは全部取ってください」と肺切除の手術を受ける意思を伝えた。医師は「手術した場合は、右肺を全部取ることになるかも知れませんよ」と言ったが、「片方だけあればいいです」と答えた。

手術直前になると、腫瘍はさらに大きくなっていた。にわかには信じがたいが、肋骨の隙間から腫瘍が飛び出して膨らんでいるのがわかったそうだ。CT画像では腫瘍が内側の肺に向かって飛び出しているのが確認できるが、わずか数日で外側にも飛び出してきたのだ。

二〇〇五年二月十四日、外科手術により右肺の下葉・中葉を切除した。五十五歳の時である。K先生は内科医なので執刀はしないが、手術室の外で見守ってくれていたそうだ。手術の結果、病名は「限局性胸膜中皮腫、早期」と診断された。中皮腫の摘出手術としては全摘が一般的とされるが、千歳さんの場合、限局性であったからか結果的に部分切除となった。

術後の抗がん剤治療については「反射的に断った」。その理由については本人もはっきりしないようだが、それまでにマスコミや知人で抗がん剤治療をした人たちの情報をトータル的にイメージして「断った」そうだ。

手術後の経過

術後の経過観察は、持病の糖尿病と不整脈もあったため毎月通院し、血液検査を行った。中皮腫については、半年に一回、CT検査（二〇一〇年まで）をした。肋骨を二本、大胸筋、肺の切除をしているので肋間神経痛が後遺症として残った。また、肺活量の低下に伴う息苦しさがあったが、それらについては服薬で対応した。

食事などについては、糖尿病がかなり悪化していたため管理栄養士からの指導を受け食事制限をしていた。しかし、糖尿病は悪化の一途をたどり、服薬で数年対処したが、二〇〇八年ごろからは毎食後インシュリン注射をしなければならなくなった。

その他にも免疫力低下により耳や目に障害を抱えるようになった。目は網膜疾患で、ある日突然、視界の真ん中に黒い穴が見えるようになった。これはレーザー治療をしてよくなった。また、若いころ趣味にしていたスキューバダイビングの影響で元々左耳が聞こえにくかったのだが、その耳が全く聞こえなくなり、良好だった右耳も難聴気味になった。単に聞こえにくいだけでなく、疲労が溜まったりするとすべてが音としてしか認識できず、言葉の意味を理解できない時があるらしい。インタビュー調査の前置きとして「耳が聞こえにくく、曖昧な返事をする」と言っていたのはこのことだった。

千歳さんの生来のまじめさなのだろう、片肺切除の大手術をしたにもかかわらず、退院後三ヶ月で会社に復帰した。会社の方針で、五十歳までは営業の第一線で働き品川本社に通勤、五十歳以降は事務方に異動し、勤務地は幕張新都心となっていた。品川の自宅から幕張新都心までは電車だけでも一時間弱はかかる。しかも混雑する通勤経路だった。

術後の身体にこの通勤経路はしんどい。肺や気管支の障害で息苦しくなり、何度も途中下車したことがあった。その都度、駅のホームで携帯酸素ボンベ（マラソン選手が使用するスプレー缶）により酸素吸入し対応した。七ヶ月間がんばってみたものの、あまりにも通勤が大変だったため職場に掛け合い、品川勤務に変えてもらった。しかし、元々営業畑だったにもかかわらず、技術系の配属となり職場になじむことが難しかった。五十五歳にして病み上がり、この配属はかなりのストレスだった。

さらに、ストレスとなる問題が発生する。産業医との労災問題だ。当時、学生時代のアルバイトの石綿吹き付けに関連した労災申請をしようと動いていた。しかし、会社の産業医が労災申請をされたら企業側に不利になると考え、千歳さんと少なからず対立関係となってしまった。もちろん千歳さんは、この会社には関係のないことだから迷惑などかからないし、かけないことを説明したが、いい顔をしなかった。

この会社は六十歳定年で、再雇用のためには産業医の健康に関するお墨付きが必要となる。そうした状況を逆手に取り産業医は「このままでは再雇用できないよ」とさえ言った。結局、大学卒業時から働いてきたこの会社を早期退職という形で退職した。五十八歳、手術後四年が経過していた。

労災認定のむずかしさ

中皮腫にアスベストが関係していること、そして石綿吹き付け作業を大学時代に経験していたので、手術後すぐに労災申請のため動きはじめた。その中で「患者と家族の会」の存在を知り、二〇〇五年六月に会員になり活動をはじめた。

労災申請に必要な情報を思い起こした。作業した場所、時期、状況、友達……。その当時一緒に働いた友達に連絡して、自分が思い出せない場所を一緒になって考えてもらい書き出した現場もあった。

大手町合同庁舎、住友3Mビル、平和島競艇場、JR赤羽駅西口のビル、川崎市の工場、千葉県五井の工場、川口市の会館、厚木市の現場、川崎市の体育館、川崎市の団地の住宅。

そうした情報を必要書類と共に、自らが居住する品川労働基準監督署（以下「労基署」）に提出したが、「これは当時働いた現場のあるところに提出してください」と言われ、大手町合同庁舎のある中央労基署に行った。

窓口の対応は悪くはなかった。ただ、証言証拠だけでなく物的証拠も必要だと言われた。日記、メモ、給料明細、写真そのいずれか一つでもあればいいとのことだった。しかし、それらの物的証拠は一切なかった。三十五年も前のことである。

それでもあきらめなかった。「患者と家族の会」の職員と共に千代田区大手町にあった逓信総合博物館に行った。千歳さんは、集合場所である赤羽駅付近に親方が住んでいたことと、親方の名字「稲森（仮名）」を覚えていた。その逓信総合博物館には、一九七〇年当時の電話帳が置いてあり閲覧できる状態にあった。二人で手分けして東京都北区赤羽の「稲森」の電話番号を書き出した。その約五十件の住所を調べ、地図上にマーキングして、一軒一軒訪ねて回った。反応は「知らない、知らない！」という感じで全く成果がなかった。

「ひらの亀戸ひまわり診療所」の名取先生に手術時に摘出した検体を提出し、アスベスト小体を調べてもらった。その結果、普通の仕事、例えば電気工事士が三十年間で吸っているであろう量のアスベスト小体が検出された。千歳さんがアルバイトをしたのは延べ三十日程度であったことを考えると、どれだけの量を一気に吸い込んだかがわかる。しかし、そうした医学的所見も労基署では証拠として扱ってもらえなかった。

また、大手町合同庁舎の建物のアスベストの有無に関する情報開示請求を国土交通省に対して行った。開示資料には大手町合同庁舎の吹き付けアスベストの存在を認める内容と、写真まで添付されてきた。しかし、そこで千歳さんが働いていた証拠はないため、これもまた労基署では証拠として扱ってもらえなかった。労災の壁は、厚くて大きい。その時点で「労災はあきらめた」と一言。

中皮腫と診断されてから一年後に施行された石綿健康被害救済法に関しては、すぐに申請し認定を受けているのでそこからの救済はされているが、労災と救済法ではその補償の差があまりにも大きすぎる。

「患者と家族の会」の活動

インタビューが一息ついたころ、千歳さんがおもむろに一枚の写真を差し出した。「この年月日を見て……」。二〇〇五年七月二十八日。千歳さんは二〇〇五年六月に「患者と家族の会」に入会した。その翌月の関東支部患者会に出席した時の写真で、私もそこに写っていた。千歳さんは、その後も今日に至る十年以上の期間、患者会に出席して患者たちと励まし合ったり、省庁交渉の場に参加したりしている。また、七年間にわたり会の会計監査をして貢献された。

この患者会の時、クボタを取材していた毎日新聞、日経新聞、関西のテレビ局が取材に入っていた。患者会が終わった後、千歳さんは毎日新聞の取材を受けて記事になった。二〇〇六年一月にはＮＨＫクローズアップ現代に出演し、自分の抱える労災問題について訴えた。

「患者と家族の会」の活動に積極的に参加することで、みんなへの励ましになると同時に自らも励ましを受けているそうだ。会と事務局とのコミュニケーションの中から元気をもらったり、患者同士で久しぶりに会う人がいれば「久しぶり、元気！」と声をかけるのが張り合いになると言う。「例えば、クリちゃん（私のこと）にこうやって久しぶりに会えば嬉しいでしょ」と言われた。確かに「そりゃそうだ！」と思った。

長期生存の秘訣

「十二年という長期生存が可能になったのはどうしてだと思いますか？」とストレートに聞いてみた。

すると「病気を克服するためにこれをやろうというのは、ないですよねー」と言う。しかし、質問をしているといくつか出てきた。

まず、ストレスがない生活をするため「自分のしたいことをする」「何事にも縛られない」選択をしている。五十八歳での早期退職もその一つだ。家族に迷惑をかけない範囲で自分の好きなことをやろうと思っている。また、病気について深刻に考えず、時間と共に忘れる、何とかなると考えるようにしていると言う。

そして、主治医のK先生との出会いは大きかった。シアトルに行った時の偶然の出会いにより、「シアトル7」を結成して親交を深め、K先生のもとで糖尿病や不整脈の治療を受けるようになり、中皮腫の早期発見につながった。中皮腫は他の先生に診てもらっているが、K先生は検査に立ち会ってくれたり、治療方針に対してアドバイスをしてくれたりしている。K先生との単なる医者と患者の関係を超え、安心して楽に話ができる友人関係は本当に大切だと語る。

中皮腫の型が限局性であり比較的予後がよく、他の疾患も抱えていることを考えると抗がん剤治療を無理にやらなかったことが功を奏したと考えることができる。

また、術後は栄養をつけて免疫力を高めるように指導されたそうだ。良質のたんぱく質、刺身や豚肉を食べたり、五大栄養素をまんべんなく摂るように指導された。一番いいのは病院食だと言う。その時の写真を見せてもらったが質素な食事で絶対に美味しくないのは一目瞭然だ。しかし、便通もよくなり便がきれいになった。ただ、相当な我慢が強いられるので続かないことは千歳さんも認めていた。

これからの生活

二〇一〇年以降は、荏原病院で年一回のCT検査をしているだけで、再発している様子もない。中皮腫に関しては至って順調である。

ただ、その他の糖尿病や不整脈、難聴などの病気に関しては、引き続き細かいケアが必要でK先生の大井のクリニックに毎月通わなければならない。第三者的に見ると、中皮腫よりむしろそちらの方が大変な問題なのではないかと思う。

ただ、千歳さんは、毎月診察を受けて対処していれば病気とうまく付き合っていくことができるので心配していないと楽観的だった。

これからは、好きな海外・国内旅行をしてみたいと語る。術後すでに海外旅行に六回行っており、テロにもめげず再びシアトルにイチローの試合を観戦しに行った。野球場に行った時には「帰ってきたぞぉー」と叫んだ。また、営業マン時代には全国ほとんどの都道府県を回ったが、三県だけ足を踏み入れていない。残りの富山県、島根県、長崎県にできればぜひ行ってみたいとしみじみ語る。

二〇〇五年七月の関東支部患者会の写真をもう一度お互いに見て懐かしんでいた。すると、千歳さんが「このころは悲壮な顔をしてたなー。『患者と家族の会』に出会っていなかったらよくない人生になっていただろうな……」と言う。それだけ、会から励みを受けてきたのだろう。「身体が動くうちは会の活動に参加して、患者として情報発信をしていきたい」と決意を新たにするように語る。また、私と右田孝雄さんのブログを見てくれていて、そして「中皮腫・同志の会」にも参加したいという言葉をもらい、私も嬉しく思った。

ケース3　生きる力を取り戻した

北海道　田中奏実さん　女性　二十七歳
二〇〇八年　胸膜中皮腫　手術　抗がん剤　放射線　九年
二〇一七年九月　報告者　右田孝雄

はじめに

私が田中奏実《かなみ》さんと初めて出会ったのは二〇一七年七月十五日、東京工業大学蔵前会館で行われた「アジア・世界のアスベスト禁止をめざす国際会議」の会場だった。彼女は細身で眼鏡が似合う清楚でチャーミングな女の子という感じで、私に屈託のない笑みを見せてくれた。

数日前、栗田英司さん（本書の著者）から「北海道に十八歳で発症して、手術をして長期生存九年目の女性がいるんだ」と聞いた。私はそれを聞いた瞬間、強い衝撃を受けた。なぜなら、彼女は私の娘と同い年だったからだ。

中皮腫は曝露後二十〜四十年で発症するといわれているのに、なぜ十八歳で発症したのか、しかも娘と一緒の年の女性がなぜ中皮腫なんかになったのか、そしてご両親の気持ちを考えると瞬時にいたたまれなくなり、強い怒りさえ覚えた。そんな彼女が東京に来るというので、是非とも会ってみたくなり、この日、栗田さんに紹介してもらったのである。彼女を目の前にした時、私の感情は高ぶり目が潤んで痛みさえ感じた。自分の娘を見ているように感じた。

数日後、栗田さんからこのレポートの担当を任された。「娘さんと同い年ということもあって思い入れが強い」という理由からである。私はもちろん快諾した。その時、栗田さんから一冊の本を手渡された。『北海道でがんとともに生きる』（寿郎社）という本で「キャンサーサポート北海道」理事長の大島寿美子先生がまとめられた二十八人のがん体験者の手記である。この本に田中さんも手記を寄せていた。

二〇〇八年、十八歳で気胸を患い手術、その際に異常細胞が見つかり生検の結果、びまん性悪性胸膜中皮腫と判明、以後、抗がん剤治療を三回、その後左肺の全摘手術、その後の三十回の放射線治療……。壮絶な体験に私は何回もその手記を読み返した。そのたびに感情は変わっていった。最初のうちは可哀そうだという気持ちで涙が溢れた。そのうちに彼女の「負けない」という強い精神力を感じた。そして、何がここまで彼女を強く変えたのか、どうしても聞きたくなった。

田中さんとは九月二日、すでに涼しい北海道で再会した。もちろん彼女から話を聞くためだ。彼女は屈託のない笑顔で我々を迎えてくれた。彼女の話は、我々の想像を遥かに超えた壮絶なものだった。話を聞き終えた私の手のひらには汗が滲んでいた。中皮腫という病気との壮絶な体験を重ねた彼女がどうやってここまで立ち上がれたのか。

病気との闘い

とあるホテルのラウンジに彼女を招いてインタビューははじまった。柔らかいソファーに座った彼女はやはり屈託のない笑顔で我々の質問に答えてくれた。中皮腫患者なのになぜそんなに屈託のない笑顔でいられるのか、そのわけが知りたくなり「悪性胸膜中皮腫」と宣告された時からの心境の変化を聞いてみた。

初めは、悪性胸膜中皮腫と宣告をされても全く理解できなくて、何が何だかわからなかった。その前の気胸の時は、病名は知らなかったものの痛みなどの自覚症状があったので手術を受け入れた。しかし、この聞いたことのない病名には全く何も感じないどころか命の危険に関わるものだということすら、そのころの彼女は思いもしなかった。普通に生活ができていたし、まるで他人事のようだった。このままだと余命二年と言われても、学校は卒業できるんだと事態の重さを全くわかっていなかったのである。だから静岡県の病院へ転院をして手術を受けることになっても、ただ何で学校に行けないんだという悔しさだけがあったと言う。

当時、田中さんは高校生のころからの夢であった料理の道に進みたいと、昼間は北海道にある短大に入学して栄養士の勉強をする傍ら、夜は料理の専門学校へも通って調理師の勉強をしていた。夢を途中で投げ出したくなかったと言う。すごく真面目で将来の目標を明確にしている意志の強い人だと思った。そのことが学校への愛着の原因かと思ったが、どうもそれだけではなかったことは、この後の彼女からの話でわかることになった。

短大は午前八時三十分から夕方まで、その後、送迎バスで短大のクラスメイトたちと一緒に専門学校に行って午後九時過ぎくらいまで授業を受けた。時間の共有が長いクラスメイトたちとの結束や思い入れも強かったようだ。学校生活に慣れてきた十月、突然の静岡行きが決まった。「静岡県立がんセンター」という名称にようやく事態の重大さを知り、また医師から「半年間は治療に専念してほしい」と言われ、学校最優先に考えていた彼女にとっては半ば絶望感にも似たような気持ちになったのである。

しかし、静岡県の病院へ入院すると、短大のクラスメイトから彼女を元気づけようと料理実習の写真がよく送られてきた。気に掛けてくれていることがとても嬉しかった。一人じゃないんだと思った。十一月末からはじまった抗がん剤治療中も、半年後の復学をめざして強い意志は切らさなかった。辛い副作用にも耐えた。でも、そんな彼女の強い意志があっても、二月十六日に片肺の全摘出手術を行ない入院生活が続くと、料理の写真を見るたびに「本来なら自分もその料理を作っていたのに」と思ってしまった。クラスメイトの善意とは裏腹に一緒に料理が作れない虚しさを感じ、彼女のテンションを下げていったのだ。

ここで彼女の口から驚くべきことが聞けた。彼女は短大に入るまで、人前では笑えなかったのだと言う。短大のクラスメイトがいい人ばかりだったので、初めて人前で笑えたと言った。それだけにクラスメイトと過ごしてきた短大に早く戻りたいのだと……。短大に入ってからの心境の変化は彼女にとってかけがえのないものだったのである。

孤立との闘い

しばらく沈黙の後、彼女は口を開き、中学生のころからいじめに遭ってきたことを語りはじめた。毎日クラスメイトから悪口を言われ続けていたわけではないが、いつも何か言われるのではないかと萎縮し続け、腹痛になったり頭痛が酷くなったりして、強いストレスが彼女を襲ったのである。母に相談しても「また?」と相手にもしてもらえず、それ以来、いじめのことは一切口にはしなかったと言う。自分の中で抑え、毎日死にたいと思っていたそうだ。以前に、私は彼女と電話で話す機会があり、その時、私の過去の体験で「ストレスがこの中皮腫を発症させたのかもしれない」と話したら、彼女もそれに同意していたのだが、このことを言っていたのだとわかった。

中学時代の経験が頭をよぎり、高校時代は人と当たらず障らずで過ごした。時に友人関係に苦労し孤立したこともあったと言う。世間でいうところの学校は楽しいということが、短大に入って初めてわかったと言う。それだけに一刻も早く復学をしたかった。

しかし現実はそう甘くはなかった。放射線治療を終えて痛みもそんなに感じなくなった一年後の九月、北海道に戻って短大に復学。ただ専門学校は体力のことも考え退学せざるをえなかった。

短大に戻ったものの、クラスメイトは一年下の人たちとなっていた。せっかく復学しても、また陰湿ないじめがはじまった。料理実習では十五分前にグループで準備に掛かるのだが、時間になってもグループのメンバーは来なかった。仕方がないから一人で準備をするのだが、時折準備が追い付かなくなることがある。「準備、終わってないじゃん」と後からやってきた生徒たちに責められた。難しい料理は彼女に任せられ、失敗して文句を言われたこともあったそうだ。学校を辞めたいと思ったこともあったが、資格を取ろうとがんばった。逆に、調理実習のスキルが上がり後にボランティア経験に活かされたとも言っていた。二〇一四年に「キャンサーサポート北海道」のボランティア活動に参加し、イベントでケーキを作ることになったが、すべての工程を考え割り振りも彼女がしたと言う。

ある意味、こうした自分に降りかかった過去のいじめは現在の自分に活かされていると言う。中学時代のいじめでは毎日「死にたい。死にたい」と思っていたので、その罰が当たって中皮腫という病気になったのだ。そう言って彼女は笑った。その言い方に彼女の現在の前向きな姿を垣間見ることができるように思った。

彼女が立ち直るきっかけとなったのは、ボランティア活動だと言う。中学時代でのいじめ被害、高校時代の孤立、短大時代の闘病と復学後のある種のいじめ被害、そんな中でなぜ彼女は笑顔を取り戻すことができたのか。今こうして前を向いてがんばっていられるのはなぜか、そのことを聞いてみた。

二〇一四年に「キャンサーサポート北海道」と出会い、半年ほどボランティアに参加した。その時、いろいろな人と出会い、またいろいろなことをさせてもらって、同時に自分のダメなところがわかってきて、自分の内面とガッツリ向き合えたと言う。その際知り合った看護師さんの紹介で、とある病院の緩和ケア病棟で現在も月一度のボランティアに参加していると言う。終末期を迎えた患者ばかりの緩和ケア病棟でのボランティアを行っていくうちに、逆に自分が患者さん達から元気をもらった。

また、「キャンサーサポート北海道」のボランティア活動の一環として彼女が考えたシフォンケーキ（スポンジケーキ）を作ることになった時、その前段の計画、宣伝、手配などすべてを自分ですることになった。その時、自分のキャパシティの限界も知り、そしてそれ以降、自分の気持ちは人にはっきり言おうと強く思ったと言う。

それまで、何度も何度も「死にたい。死にたい」とずっと心のどこかで思っていた自分がいた。そんな自分の気持ちを言おうと、ある悩みを打ち明ける会に参加した。そこは初対面の人ばかりが集い、お互いの悩みを打ち明ける会だそうだ。そこで彼女は「自分が死にたくなる」と悩みを打ち明けたらしい。特に回答は得られなかったが、後日、また仲のいい友達に「もう死にたい」と打ち明けることができた。友達が励ましてくれ、人って意外と優しいんだと知った。

ある日、一人暮らしのマンションに帰って来たら、急に「死にたい」という気持ちが襲ってきた。その時、「いい加減にしろ！」とどこからか聞こえてきた。それは紛れもなく自分の中から聞こえた。「そんなに死にたいのだったら、何もかも止めろ！　仕事も辞めて、人前にでることも止めていいから、生きろ！今自分に一番必要なのは生きることだ」。そう自分に訴えかけられたと言う。この不思議な現象が起こったのは、自分の心のどこかにあった「生きたい」という気持ちが、「死にたい」と人に言えたことにより解き放たれたからだと彼女は冷静に分析していた。

学生時代から一人になることが多く、心を打ち明けられる友達がいなかった彼女は、自然と自問自答することが普段からできるようになったのかと私は思った。彼女は過去に一度、自宅に帰るのが嫌になったことがあった。自宅に戻ると一人反省会がはじまるらしく、その日のことを反芻《はんすう》し、別の自分が怒るのだと言う。それが嫌で自転車でその辺を走って時間を潰した。そういう行動は、幼いころから続けてきた自問自答の結果だと彼女は理解している。

風が吹く

もともと調理師になりたかった彼女だが、手術で片肺を摘出したため体力的に無理がきかなくなり、専門学校を辞めてその夢はあきらめた。

就職活動はままならず、彼女は短大を卒業後アルバイトで事務仕事をしていた。そこで事務作業が遅いと言われ、病院で診てもらうと発達障害と診断され、障害者手帳も交付された。発達障害でかつ片肺かよと思い、気持ちの落ち込みは酷かった。こんなことならがんで死んでいた方がよかったんじゃないかと思った。その後、アルバイト先の経営者が変わり解雇され、彼女の生活状態は苦しくなった。ボランティアに参加し、自らを前向きにしようとするが、収入源は救済給付金（石綿健康被害救済法による）と不定期な日雇い派遣のアルバイトだけとなり、彼女の生活は荒んでいく。気持ちがどん底まで落ちた彼女がどれだけ悩んだかはわからないが、ある時、もういいや開き直ろうと思ったそうだ。その時の開き直った気持ちで受けた会社の面接で、自分の希望をすべて伝えた。それが現在の職場である洋菓子の会社だった。社長の娘さんが病を抱えているということもあり、そういった立場の人の気持ちを理解してくれた。すべての条件を受け入れてくれたと言う。そして、社長の計らいと栄養士の免許を持っていることもあって、菓子の検査員として現在も働いている。

菓子の検査ということで、検査室に一人でこもる仕事だが、その仕事に今は満足している。そんな彼女の顔を見ていると、生きていることを今は実感して楽しんでいるのだと確信できた。彼女の口からも「病気は負い目にしないで、出しちゃえばいいんだ」と聞けた。私は、幼少のころからひたむきにがんばってきた〝田中奏実〟という弱冠二十七歳の女性から、前を向いて歩いたら何とかなるものだ、考え方次第で世界は変わるんだということを再確認させられた。

元来、負けず嫌いの性格で、反骨精神からがんばり過ぎるがゆえに自分のキャパシティを超えてしまうことを繰り返してきた彼女が、今自分と見つめ合い、ようやく本当の自分を見つけた。その瞬間、彼女に風が吹いたのだろうと思った。

未来へ

現在の彼女は、病気の再発や痛み、不安も一切なく、仕事や生活にも悩みがなく充実した毎日を送っていると言う。病院には三ヶ月に一度、北海道の病院で精密検査を行い、年に一度、静岡がんセンターに先生の話を聞きに行く。最近はもっぱら先生に挨拶をしに行く程度だと言う。

入浴や運動はさすがに辛いこともあるが、その他は特に問題もなく、食事も現在は全く気にせず何でも食べているそうだ。〝免疫力〟など考えたことすらないと言う。

今は中皮腫になってよかったと思うとさえ言う。治療後に戻った短大やアルバイト時代には生きていてもしょうがないと強く思った。こんなことならがんで死んだ方がマシだとさえ思った。強い自殺願望さえ芽生えたことがあった。しかし、ボランティアをきっかけにこの気持ちが一八〇度変わったと言う。

「キャンサーサポート北海道」でボランティアをしていた時に、がんを経験した方ががんを治療している方を元気づけている姿を見て、「がんはハンデじゃない」と思った。ボランティア活動で自分のがんの経験が人のためになると気付かされた。そこから人生が大きく変わったと言う。

その後の彼女は先にも述べた通り、病院の緩和ケア病棟で月一回のボランティア活動を行っている。がん患者に寄り添い自分も成長させてもらっていると言う。そして「中皮腫・アスベスト疾患・患者と家族の会」に年四回、毎回欠かさず出席して、楽しく活動していると言う。

これからも、彼女は前を向いて明るい未来を自分で切り開いていくのだろう。二度と後ろを向くことはないだろう。

家族の絆

最後に家族のことを聞いた。彼女は正直に自分の気持ちを語り出した。

昔は父のことが嫌いだった。しつけが厳しく、仲も悪かった。後に私がお父さんから直接聞いた話だが、「娘は話してくれず寂しかった」と言っていた。でも彼女は「私が話しても返ってこない」と言っている。思春期に、二人のボタンの掛け違いがお互いの距離を生んだのだろう。

母とは良好な関係だったが、学校であった嫌なことなどはあまり言えなかった。中皮腫になってからは、まず父の態度が急変したと言う。父親の立場として、私はその気持ちがよくわかる。それから以後、両親に対する感謝の気持ちが芽生えた。

静岡がんセンターへは母と二人で行った。母は、半年間、静岡でアパートを借りて彼女の面倒を見てくれた。父は北海道で二人の弟の面倒を見ていた。自分のために家族が離れ離れになってまで面倒を見てくれたことに感謝していると言う。

二〇一四年に、「キャンサーサポート北海道」にテレビ取材が入り、自分も映るかもしれないと母に連絡したが「私は反対です。周りの目が気になる」とメールで返信があり、その時は母に対して応援してほしかったのにわかってもらえない悔しさがあった。その後もいろいろな人と出会いながら何回か取材を受けた。そして、二〇一六年に『北海道でがんとともに生きる』の出版記念パーティーにでたことで再度テレビにでるかもと母に話した時、「前に反対していると言ったこと、反省している」と言われ、それが本当に嬉しかった。母がその本を読んで元気をもらったと感想をもらした時、「あー、生きていてよかったんだ」と実感したと言う。

現在、田中さんのお父さんは中皮腫に関係する集会などには率先して送ってくれると言う。田中さんは、自分が中皮腫になって家族の絆が深まったと言うが、しかし私が見る限りとても子どもを大事にしている優しい両親であり、もともと仲のいい家族なのだろう。

最後に田中さんは言った。「もし人生がやり直しになったとして……。またいろんな困難を乗り越えるはめになっても、この両親の子として生まれてきたい。（生きることが苦し過ぎて）産んでくれたことを憎んだりもしたけど、このお父さんとお母さんを幸せにするために私は生まれてきたのかな。それなら、またがんばる」。

この後、お父さんにも話を聞いてみた。「代われるものなら代わってやりたい」。そう言うお父さんの目は滲んでいた。

私はこの取材を通じて、病気になったが故に本当の家族になれた家族を見た気がした。それが〝家族の絆〟だと信じた。

ケース4　家族を大切にするフツーの生活

九州　Aさん　女性　三十歳代
二〇一四年　腹膜中皮腫　手術　三年
二〇一七年九月　報告者　栗田英司

がんと診断されたら、その人にとってそれは非常事態であり、何を差し置いても命のために治療をするというのが人情だろう。しかし、そのような状況においても、今回紹介するAさんはできるだけフツーの生活を送る選択をしている。もちろんいろいろな葛藤はあったが、総じて彼女の生き方には落ち着きがあった。

今回のインタビュー調査は、藤原妙子さん、田中奏実さん、私の三名で九州を訪れた。空港からレンタカーでカーナビを頼りに移動し、都市部から少し離れた田園地帯に入った。六月に新築したばかりの家だと聞いていた。カーナビでは目の前にある黒い平屋のおしゃれな建物にピンが立っている。このレストランのような建物の前にご主人と小さな女の子が立っており、私たちを迎えてくれた。

外装も室内もシンプルな造りで壁紙は一切張っていない、いわゆる自然素材の無垢材の家だ。家具も無垢材で、よく片付いた部屋の片隅にはお掃除ロボットルンバが置いてあり、ルンバにとっても最高の環境だ。リビングの広々とした窓の向こうには三畳ほどのウッドデッキがあり、田園風景が広がっている。ご主人が「ここでお酒を飲んだら最高ですよ」と笑いながら言った。ご夫婦は三十代、お子さんは二歳の三人家族だ。

インタビューの前に、Aさんはビデオカメラを設置して録画することを希望した。この記録が将来子どもの役に立つかもしれないと考えてのことだ。軽い談笑の後、インタビューを開始した。

Aさんは二〇一二年十二月に職場結婚した。ご主人は東京に転勤していたため、遠距離恋愛が続いており、十二月に結婚したとはいえ、九州の地元で一緒に住みはじめたのは翌二〇一三年四月からだった。ご主人は結婚した今でも、年の半分は首都圏などに出張している。

腹膜中皮腫が見つかる

Aさんは、もともと生理痛が酷く子どもを授かるのは難しいと考え、二〇一三年六月には地元の婦人科クリニックB医師により不妊治療を開始した。半年後の十二月に腹部エコーで少量の腹水を確認し、臓器癒着の可能性が指摘された。

二〇一四年一月には、子宮内膜症による腹部癒着のため腹腔鏡手術をし、手術自体は成功したが、その時に腹腔内に複数の病変が見つかり細胞をとった。

婦人科クリニックから地域の総合病院に検体を上げたが、病理診断は「不明」と回答された。二〇一四年二月には大学病院に検体が持ち込まれ中皮腫の可能性を指摘されるが、グレーゾーンで「不明」と回答された。検体はがん研有明病院に持ち込まれ、二〇一四年五月に「腹膜中皮腫」と確定診断された。

Aさんは中皮腫の可能性が指摘された二月に「中皮腫」について調べはじめた。しかし、わかったことは「余命が短い」「治療法がない」など消極的なものが多く、また中皮腫患者のブログを調べると更新が途絶えているものが多く、酷く心を落ち込ませたと言う。

開腹手術、なす術なし

二〇一四年六月に病変をすべて摘出して根治を目的とした手術を行った。県立病院外科主治医C医師は、中皮腫の手術は初めてだ。手術前に子宮を摘出する可能性も指摘されていたため、県立病院婦人科E医師も手術室に入って二人体制で臨んだ。

開腹した上で中皮腫による子宮へのダメージを確認し、摘出するかどうか判断することになるが、Aさんは麻酔で意識がない。E医師は元々不妊治療のために婦人科クリニックに通っていたAさんの気持ちを察してくれていたため、判断を一任することにした。

Aさんは麻酔から目が覚めた時、一番初めに「子宮はありますか?」と聞いた。中皮腫の病変が取れたことよりも子宮のことが気になっていた。子宮は温存されていた。しかし、中皮腫の播種《はしゅ》には手を付けることができなかった。盲腸にも病変があったため気休めであるが盲腸だけ切除した。「見えるところだけでも取ることができなかったのですか?」と聞いたが、「そんなことをしたら命までなくなるよ」と言われたそうだ。結局、何もしなかったということだ。Aさんは酷く落ち込んだ。

手術後、数日間個室だったが大部屋に移動した。そこで同い年、同じ日に手術をした乳がんの患者さんと出会った。彼女はがんについてよく調べていて、食事療法、ニンジンジュースなどの民間療法を教えてくれた。

同じような立場の彼女と話ができたことは、Aさんの心を落ち着かせた。大部屋に移ってよかったと感じた。

「何もしない」選択

手術後、外科主治医がC医師から若いD医師に変わったが、彼も中皮腫の経験はなかった。二〇一四年七月、主治医D医師の指示で中皮腫確定診断をしたがん研有明病院にセカンドオピニオンに行った。ご主人と実家のお父さんが付き添ってくれた。

診察室に入るととんでもないことがわかった。県立病院側からセカンドオピニオンのための紹介状、画像データ、検査データが送付されることになっていたのだが、主治医D医師が忘れていた。がん研有明病院の先生は「データが何もないのに診察しろなんておかしいよな」と言いながら、経過などをAさんから聞いてセカンドオピニオンが行われた。結局、この時点では自覚症状がないということもあり、今まで通りの生活をするように勧められた。今後もしも、採血による腫瘍マーカー値の上昇やCT画像による悪化、自覚症状がではじめたら抗がん剤治療を考えてみようということになった。

その後の診察で、主治医D医師に資料なしでセカンドオピニオンを受けた旨を伝えると、「あっ」という感じだったそうだ。主治医D医師の方から再度資料をがん研有明病院に送付し、意見してくれるようにお願いした。しかし、がん研有明病院から資料の送付は不要と返答があり、セカンドオピニオンは終了した。

この時点で「何もしない」ということは、非常に合理的な選択だ。Aさんは自覚症状がない、腫瘍マーカーも異常なし、CT画像でもわかりにくい状況で抗がん剤治療をするにしても、効果の判断材料が何もない。もし判断するなら、開腹して直接肉眼で確認することだけだろう。西洋医学批判本などでは、希少がんであればあるほど大病院はすぐに切りたがる、抗がん剤治療をむやみにやりたがる、患者を実験材料にしか考えていないといった論調の批判が多いが、それゆえこのような事例は興味深い。

既に前主治医C医師からは言われていたが、この時、がん研有明病院の医師からも「子どもはあきらめるように」と言われた。理由は明確に言葉で表現されなかったが、予後が短いからという理由だろうと類推された。Aさんは「しょうがない」と思った。

手術に伴い六月から休職していたが、退院後はビワの葉温灸、ニンジンジュース、玄米食、岩盤浴、ジョギングなどの民間療法を実践し、免疫力アップのための努力をした。しかし自分には全く合わなかった。特にニンジンジュースは、ニンジン嫌いで果物も一切食べないAさんにとって酷な療法だった。そして、目標もない、希望もない、先もないと気持ちはどんどん落ち込んでいった。

妊娠と出産

日々、落ち込んでいる自分にご主人、ご両親は「仕事に復帰しなさい」と言った。その方が気がまぎれると考えてくれていたのであろう。Aさん自身も仕事に行きたいと思っていたので九月に特例の短時間勤務で復職した。

復職した直後、腹部に鈍痛を感じた。それが一週間くらい続いた。妊娠検査薬を持っていたのでチェックすると「陽性」反応がでた。説明書には悪性腫瘍でも陽性反応が出ますと書いてある。「でたー」と思った。頭の中では「中皮腫の悪化」という恐怖が……。

しかし、すぐに病院に行かなかった。十月中旬に社内旅行で京都に行くことになっていた。その旅行にどうしても参加したかったからだ。

私は、「なぜ社内旅行にそんなにこだわったのか?」と聞いた。Aさんは大学を卒業後、その会社に入社し七年になる。会社では二十周年など大きな節目で社内旅行が計画されるらしく、まだ一度も社内旅行を経験したことがなかった。会社の方が休職中に飛行機や宿泊の予約のために連絡をしてきてくれていた。この先もう社内旅行など経験することがない、京都も最後かも知れないと考えると、どうしても行きたかった。

その旅行の後、県立病院婦人科E医師に電話し、腹部の痛みが続いており妊娠検査薬で陽性反応が出ていることを告げると「うちで面倒を見る」と言われた。

県立病院で妊娠したことがわかった。「すごくうれしかった！　出産まで十ヶ月。身体も今の状態であればなんとかいける。産めば周りが何とかしてくれる！」と思った。婦人科E医師は「最低でも三十二週がんばろう！　そうすれば病院で対応できる」と言ってくれた。親族も歓迎してくれた。腹部の痛みの原因は切迫流産だったため、直ちに二ヶ月休職し、そして安定期に復職した。赤ちゃんは順調に大きくなっていった。しかし、大きくなるお腹に中皮腫の病状として「腹水」が貯まっているんじゃないか、おなかが痛くなると悪化したんじゃないかという心配がいつもあった。

一ヶ月に一回、通常の妊婦健診があった。それに加えてその間にも婦人科E医師が健診をしてくれた。「これくらいの腹水なら大丈夫、おなかの大きさも普通ですよ」と言ってもらい安心感を得ることができた。

出産予定日が近づくと、外科主治医D医師は帝王切開を提案してきた。帝王切開時に自ら立ち会って病変を確かめることができると考えたからだ。それを婦人科E医師に伝えると、今のところ出産には何の問題もないからと自然分娩を勧められた。D医師とE医師は連絡を取り合い出産の方針を固めた。そのころ、赤ちゃんは二週ごとに逆子になったり元に戻ったりしていた。逆子だったら帝王切開しようということになった。帝王切開するかどうか判断する最終診察日に頭位（通常の状態）だったので自然分娩となった。ここでも、Aさんと外科医、婦人科医の連携がうまくとれていた。六月予定日の三日後に自然分娩で、二七〇〇gの元気な女の子を出産した。Aさんの体調も異常はなかった。

サードオピニオン

ご主人の東京長期出張と自分自身が育児休業中で時間に余裕があったため、「中皮腫・アスベスト疾患・患者と家族の会」関東支部の患者会に出席した。そこに出席したのには二つの目的があった。一つは中皮腫患者に会うこと、もう一つは「ひらの亀戸ひまわり診療所」でサードオピニオンを受けることだ。

Aさんはこの時初めて自分以外の中皮腫患者と会うことになる。それが私と神奈川支部の胸膜中皮腫のKさんだった。その日の患者会には十人以上が参加し、私はAさんが五ヶ月の赤ちゃんを抱きながら涙し、経験を語ったことを鮮明に覚えている。

その時点で私の病歴は十五年だったので、腹膜中皮腫でも長期生存可能ということがAさんにとって励みになったようだ。そして、その後にも先にもAさんが会ったことのある腹膜中皮腫患者は私だけなので、彼女の中では中皮腫でも元気に十五年くらいは生きられるという感覚があるらしい。

私の方では自分よりずっと若い女性の患者であること、妊娠出産を経験したことに衝撃を受けた。それと共に中皮腫患者として十五年生きてきて「希望の星」と表現してくれたのはAさんが初めてで、長期生存に意味を見出し今日の活動につなげることができた。そういう意味で同志のような想いなのだ。

サードオピニオンには、ご主人と会事務局の澤田さんが同席した。「ひらの亀戸ひまわり診療所」の名取先生が赤ちゃんを抱いたAさんに「産んだの？　僕は赤ちゃんを産んだ人は見たことないよ」と言った。サードオピニオンの資料を見て、「こんなに細かく書いてくれる医師はいないよ。いい先生に巡り合えたと思いますよ。中皮腫は誰が名医という人はいないから、自分が心を許せる先生を選び、病院選びをした方がいいよ」とアドバイスをもらった。確かに、主治医D医師は正直な人だ。サードオピニオンの名取先生のことを話した時「僕は中皮腫の患者を診たことがないから、そうした中皮腫に詳しい先生の意見をドンドン聞いてください。そして僕に教えてください」と言った。まだ若いので一生懸命に調べてくれ、診察を受けてもそれを感じることができる。そして、わからないことはわからないとはっきり言う。そういうところがAさんと相性がよかったようだ。ただ、Aさんいわく、主治医D医師のサードオピニオン資料が丁寧だったのは、セカンドオピニオンのミスがあったからでしょうねとのことだった（笑）。

サードオピニオンの結果は、セカンドオピニオンと同様に変化がでるまで「何もしない」となった。腹膜中皮腫は悪化すると食べ物が食べられなくなるので好きなものを食べて、ストレスなく過ごすように助言をもらった。

二〇一七年四月に主治医D医師が転勤で他県の大学病院に行ってしまった。再び開腹手術をしたC医師が主治医になった。Aさんが子どもを産んでいることも知らなかったらしく「子ども産んだんだね～」と驚いていた。そして「もう子ども産んじゃダメだよ」と再度念を押された。また、Aさんの病状が三年前からほとんど変化のないことに疑問を持ち、本当に中皮腫かどうか病理に再確認したそうだ。

C医師は、こんなに変化がないなら年二回（半年ごと）のCT検査を一回とし、もう一回はエコー検査にして検査リスクを下げることにした。

フッーの生活を選び続ける

私たちはAさんに「今の目標は何ですか？」と質問してみた。フフフと笑い「二人目がほしい」と言った。親族の反対はないんですか？　と聞くと「親族は私の病気のことを忘れてるんじゃないかな」と。

そう言うと思い出したように、Aさんは「病気のことを考えていたのは診断を受けてからの数ヶ月だけだった」と言う。妊娠がわかってからは雑誌やインターネットを見るにしても子どものことばかり調べた。出産後も、子どもに発疹がでたり、風邪をひいたりなど体調が悪くなればそればかり調べた。子どもが三ヶ月になるころ、家を建てようと思いはじめ、家の設計や間取りの本を見ることに時間を割いた。そして、今年六月新居に引越し、少し落ち着いてきたため、中皮腫だけでなくがん全般のブログなどを見はじめた。

しかし、病気のことを調べると、その影響を受けて落ち込むことが多いことに気づいた。これまで「病気について調べなかったことが〝心が病気に支配されない〟という意味でよかったように感じる」と言う。

日々のAさんのスケジュールを聞いてみた。病気のことなど考える時間がない。

七時、起床→八時五分、保育園送迎（ご主人）。八時十五分、Aさん出勤→九時、始業→十七時、終業→十七時四十分、帰宅→十八時、保育園お迎え→十八時十分、夕食作り、子どもと食事・お風呂・絵本の読み聞かせ→二十二時、子ども就寝。家事・弁当（翌日の昼食）作り。※ご主人は二十二時ごろ帰宅。

ここまでAさんの話を聞いてきて確認したいことがあった。

- 開腹手術をした時、復職せず休職し続け、安静に生活することができたのではないか？
- 妊娠した時、母体を守るため出産をあきらめるという選択は考えなかったのか？
- 出産後復職せず、保育園にも入れず子どもと一緒にいる生活を選ぶこともできたのではないか？
- 中皮腫の経験のない地方都市の県立病院ではなく、首都圏の大病院で治療をすることもできたのではないか？
- 家を建てるという選択はローンという重荷を背負うことになるのではないか？

それらを総合して「中皮腫という大病をし、病気を治すことに集中するよりも、どうしてフツーの生活を選び続けたのか?」と聞いた。Aさんは声を詰まらせながら「フツーのことがしたい、他の人と同じことをしたいんです」と答えた。

Aさんは、病気になった時、生きる上で外せない要素を考えてみた。「仕事と家族」だった。彼女にとっての仕事は、生きることそのもののようだ。休職してただ身体を休めていても生きる感触もなければ、病気のことを考えて気持ちは落ち込んでいくだけだった。だから働くのだと。

そして家族、主に親や弟妹のことは一番大切なものだと言う。普段特別仲がいいというわけではないが、昔から血縁関係の親族に対して「大切なもの」という強い想いがあった。治療のために首都圏の医療機関にとも考えたことがあったが、家族のもとを離れたら「自分がダメになる」と思った。だから、中皮腫の経験がない医師であっても地元の病院を選択した。

そして、赤ちゃんがほしい、家族がほしいという気持ちが、リスクを冒してまで出産する決意を与えた。彼女は、中皮腫になって家族に支えられてきた。病気になった時、妹が率先して中皮腫について調べたり先生に質問したりしてくれた。弟は手術後、個室で三日間泊まり込んでくれ、弟妹の有難みを感じた。自分の子どもにもそのような弟妹を残してあげたいという気持ちが「二人目の出産」の動機となっている。

Aさんは、仮に自分がいなくなっても、転々と生活しなくて済むようにしたいという願いがあってこの家を建てた。今から、ハサミはここ、爪切りはここと決めておけば自分がいなくても散らかることのない家になり、将来は娘のものになるだろうと考えている。

保育園で他の子どもと遊んでいるわが子を見ると本当に楽しそうにしている。そして、近所の公園で遊んでいる、よその兄弟姉妹を見ていると「やっぱり兄弟姉妹はいいものだなぁ」と感じ、自分がそうであったように長女にも弟妹を与えてあげたい。「二人目を出産したい」とAさんは涙ながらに声を詰まらせながら語った。でも主人を見ていると、一人でもまともに面倒を見ることができていない。二人面倒見るなんて絶対にムリである。それなのに主人も「二人目がほしい」なんて言っている。自分は死ねない……。

ご主人が近くのソファーに座っていたが、最後にご主人の支えについて聞いてみた。すると「これまで主人の話がほとんど出てこなかったのは、そういう位置づけです」と冗談？　本気？　ともつかぬようにAさんは言う。

ご主人は「自分の役目は妻に病気を意識させないことです」と言った。「そうなんですよ、ホントに対応がフツーの人と変わらないんです」とAさんは言い、例えば「仕事を辞めたい」と言っても「家のローンがあるから共働きじゃないとダメ」とか、Aさんの実家の土地に家を建てたのだが「ここに家を建てたら、俺、再婚できんくなる」と言ったこともあったそうだ。それをサラッと嫌みなく言うところが嫌みだと……。「私が死ぬと思ってんでしょ！」とけんかになったりすることもしばしばだと言う。

Aさんは、ご主人が勤務されている出張の多い会社を退社し、家から通える会社に転職してもらう約束をしている。収入が少なくなってもAさんがカバーすると言う。家族はいつも一緒にいるものだし、仮に自分が先にいなくなったとしても、ご主人が毎日子どもの面倒を見ることができるようにするための準備だそうだ。しかし、この約束はこれまで何度か破られ、期限が延長されているらしい。いろいろとぶつかり合っているようであるが、本音で話ができる仲のいいご夫婦だ。

ご主人は「僕は妻にはフツーの生活をさせてあげたい。結婚して子ども作ったりとか、家を建てたりということをやって、今フツーのことができているので結婚してよかったのかな」と暖かく語った。

Aさんは、涙しながらも笑顔ではにかんでいた。彼女の子どものころからの夢は「お嫁さんになりたい！」だった。

ケース5　ブログで励まし合った腹膜中皮腫長期生存者

東京都　Ｒｉｍｙさん　女性　四十歳代
二〇〇一年　腹膜中皮腫　手術　十六年
二〇一七年九月　報告者　栗田英司

二〇一四年に腹膜中皮腫患者のブログを見つけた。普段、病人のブログなど絶対に見ることはない。特にがん患者のブログは絶対に見ない。感情移入して心の同調などしようものなら、脳だけでなく細胞レベルにまで影響しかねないとの妄想レベルの心配性だからである。しかし、その時は、腹膜中皮腫患者ということで覗いてみた。なんだかほんわかするブログだった。私がブログをはじめた二〇一七年五月まで、唯一コメントしたことのあるブログだ。

回数は多くないが、コメントを入れたりしてお互いの病気について意見交換をした。ある時、Ｒｉｍｙさんは長く闘病生活をしているのに、石綿健康被害救済法と労災の認定を受けていないということで、石綿健康被害救済法の認定手続きを薦め、無事に認定を受けることができた。なんだか、自分のことのように嬉しかったが、本人は認定イコール悪性という烙印を押されたことにショックを受けていた（笑）。

しかし、二〇一六年夏ごろのコメントを最後に音信不通になった。Ｒｉｍｙさんのブログの更新もほとんどされなくなった。

二〇一七年六月二十日。私がブログをはじめてから約一ヶ月後、Ｒｉｍｙさんのブログに「元気にしています。ブログをはじめたので見てください」とリンクを張った。こんな病気だからどうなったんだろうと心配していた。
八月二十一日の私のブログ「免疫力を高める努力（プロジェクトＳＴ）」のコメント欄にＲｉｍｙさんが現れた！

＜大共感です！＞ 2017/08/23 15:00:43
くりさん！　Ｒｉｍｙです！　訪問が遅くなってしまいました。生きてくださってほんとによかったです。気になってたんですよ〜！
記事も読ませていただきました。病気のこと、自分の為に人の為に、色々な活動されて発信されていてスゴいなと思いました。お気楽な自分のｂｌｏｇがお恥ずかしい。
そうです、生きる最大限努力、自分の身体に向き合うと見えてくる気がするプロジェクト、信じて私も中皮腫増大ペースを遅らせているつもりですっ！
またお邪魔します♬
Ｒｉｍｙ

＜Ｒｅ：大共感です！＞ 2017/08/23 22:02:03
Ｒｉｍｙさん
Ｒｉｍｙさんこそ、生きてたんですね (*^▽^*)
ブログ更新が、全然されてなかったので心配でした。
体調はどうですか？

そういえば、Ｒｉｍｙさん、
診断を受けて、もうすぐ十年ではないですか？
全国の長期生存者の経験談を聞いて回っています。
よかったら話を聞かせてほしいんですが。
クリちゃん

＜Ｒｅ：Ｒｅ：大共感です！＞2017/08/24 17:57:42
クリさん
ご心配おかけしまして… σ(^_^;) ありがとうございます。元気にしております。
最後の手術から十年を越えました。病気の宣告されてからだと、もう十六年経ちました。
私の話でお役に立てることもあるのなら是非。
Ｒｉｍｙ

＜Ｒｅ：Ｒｅ：Ｒｅ：大共感です！＞2017/08/24　21:18:35
Ｒｉｍｙさん
現時点で日本第二位です（゜Д゜）
話を聞かせてください。
クリちゃん

私自身、ほんの少し前まで中皮腫の長期生存ということにあまり関心がなかった。だから、Ｒ・ｉｍｙさんの病歴何年ということにもほとんど関心がなかったし、Ｒ・ｉｍｙさんも私の病歴に関心がなかった。むしろ、現在の症状にどのように対応するか、どうやって生きていこうかということに目が向いていた気がする。あらためて、お互いが長期生存者であることに驚いた。以下メールでのやり取りをＲ・ｉｍｙさんの許可を得て転載する。

＜連絡先ありがとう＞2017/8/26　10:02

Ｒ・ｉｍｙ様

こんにちは。

クリちゃんこと、栗田英司です。

現在、「中皮腫・アスベスト疾患・患者と家族の会」から情報をもらい、長期生存者や元気に生活している患者さんのインタビュー調査をしています。

最長は、私十七年八ヶ月で、その次が十五年の人がいます。

十年超えの人は、現時点では五名しか確認できていません。

多分、日本全国にはもっと長期に生存している人は多くいると思うのですが、なかなか見つかりません。

色々と聞きたいことがあるのですがとりあえず現状のことを教えてもらえますか？

手術は四回実施していて、抗がん剤治療はしていないですよね。

●自覚症状はどんなものがありますか？

●現在の治療方針はどんなものですか？
●医療機関、医師はずっと同じですか？
●医療以外で、免疫力を高めるために実践していることはありますか？
●中皮腫の関係で、不便に感じていること、悩んでいることはありますか？

よろしくお願いします。

栗田英司

＜Re：連絡先ありがとう＞2017/8/26　15:59
こんにちは。

（本名）と申します。連絡、ありがとうございます。

本当に積極的な活動、頭が下がります。すごいことです。

実は本日終日外出しており、今やっと電波のいいところにきました。

きちんとお答えしたいので、遅くなりますが、帰宅し落ち着きましたら改めてメールいたします。

まずは、着信しておりますこと、ご報告いたします。

Ｒｉｍｙ♪（ ˋ◁ ˊ）

＜病状について＞2017/8/27 00:29
こんばんは。遅くにすみません。

現状についてです。

手術は四回。ほぼ毎年でした。一度目に右卵巣と大網膜を取りました。最後の手術で左卵巣、卵管、子宮摘出。そのおかげかそれまでより腫瘍の増えるペースが落ちたようです。

腫瘍が良性のため、抗がん剤治療はできません。

●自覚症状はどんなものがありますか？
コロコロとシコリが外側からもわかります。

腸が癒着しているので腹部が数ヶ所硬く、ふれると痛いです。ひきつれるような痛みがあったり、冷えを感じることもあります。時々肩へかけてつるような感覚があります。

などなど、全てが中皮腫のせいかは不明ですが……。

●現在の治療方針はどんなものですか？
何もできることがないため、年二回のＣＴでの経過観察のみです。

癒着による便秘からの腸閉塞を防ぐため、薬（酸化マグネシウム）を常用しています。

中皮腫の右尿管圧迫により水腎症を発症しているため、尿管にステントを入れています。これは年二回取り替えます。

●医療機関、医師はずっと同じですか？
初めの手術の後、病院を変わっています。医師の都合によるものです。

また、今年の春から主治医が再び変わりました。医師の異動のためです。

●医療以外で、免疫力を高めるために実践していることはありますか？
今は行っていませんが、鍼《はり》に行ってました。
なるべく添加物はとらないようにしています。
ストレスはためないように、また疲れ過ぎないように気を付けています。
●中皮腫の関係で、不便に感じていること、悩んでいることはありますか？
漠然とした不安があります。いつ何が起こるのかわからない、また、何か起こった時にどんな対処してもらえるのか？

こんなところでしょうか。
よろしくお願いします。
Ｒｉｍｙ♪（｀▽´）

＜Ｒｅ：病状について＞2017/8/28 08：38
Ｒｉｍｙ様
お世話になります。
早速の返信ありがとうございます。

尿管ステントは、ブログで見ててもきつそうですよね。
それだけでもかなりのストレスです。
ちなみに正式な病名はわかりますか？
長期生存にとって重要なファクターだと感じています。
多分、Ｒｉｍｙさんのブログの症状からすると、多嚢胞性《たのうほうせい》中皮腫だと思います。
長期生存者の多い型です。
さらにいくつか質問させてください。

●中皮腫になる前に大きな病気をしたことがありますか？
●いつ、どのようにして中皮腫と診断されるにいたりましたか？
●診断された時、どのように感じましたか？
●診断後、生活はどのように変化しましたか？
●ご家族などの支えはどうでしたか？
よろしくお願いいたします
栗田英司

＜Ｒｅ：病状について＞2017/8/29 00:09
こんばんは。
昨日、ブログ拝見しました！　こんなに種類あるんですねぇ。私が診断を受けたころはまだアスベスト問題が大々的に発覚する前で、中皮腫というものが珍しすぎて、医師も初めて見る物体に診断を付けられず、調べまくってやっと、何かの医学書に中皮細胞腫という数行の項目を見つけた……という感じでした。なので、あまりちゃんとした病名って聞いてなかったんです。

多嚢胞性で間違いなかったと思いますが、ちゃんと聞いておきます^^;

それで、追加のご質問について。

●中皮腫になる前に大きな病気をしたことがありますか?

●いつ、どのようにして中皮腫と診断されるにいたりましたか?

大きな病気はしたことなかったのですが、中皮腫と診断される数年前から腹痛があり、自分では腹部の膨れなども感じたため、病院へ行ったところ鼠径《そけい》ヘルニアと言われて手術を受けました。たぶん、中皮腫といわれる二、三年前だと思います。

その後も気になる痛みは治らず、生理痛が特に酷くなり、更に、全身が攣《つ》るという症状がでるようになりました。これがキツかった!

いくらなんでも何かがおかしいと思いはじめた時、会社の健康診断の血液検査でγGTPの数値がいきなり上がり、要再検査。近所の内科で検診を受けました。その際、生理痛の話をしたらエコーで腹部を検査して下さり、その際、影が見つかり、卵巣嚢腫《のうしゅ》ではないか? ということで、大病院の婦人科に紹介され、再検査。何だかわからないけど悪性のものだったらもう危険過ぎる! ということで直ぐに手術。そして、初めて見る物体が出てきた……という訳です。

●診断された時、どのように感じましたか?

その時は、悪性ではないという事にとにかくホッとしました。でも治療法がないこと、治らないことに不安を感じました。手術の回数にも限界があると言われた時はショックでした。増えて痛くなったら手術すればいいんでしょっ！　くらいまで開き直ってたんですが、それもダメと言われた時は、さすがに落ち込みました。

●診断後、生活はどのように変化しましたか？

疲れる、体力を消耗することに極端に用心深くなりました。一時期は、腸閉塞への恐怖が強すぎて、とにかく腹痛と便秘に怯えていました。

旅行は家族とだけ、長い旅行は怖くて行けませんでした。食べる物、量にとても気を使うようになりました。ここ一、二年は加減がわかってきたこともあり、人生、病気を中心に回るのはもう嫌っ！　と再度開き直り、かなり自由に過ごすようになっています。もちろん、気を付けてはいますけど。

●ご家族などの支えはどうでしたか？

家族だけでなく、職場にも友人にもみんなに感謝してもしきれません。全てのどんな小さな気遣いも、何もかもがありがたくて、助けられて、病気になってたくさんの支えてくださる方がいて生きていたんだと本当に認識しました。

娘三十歳にして過保護になってしまった両親には本当に申し訳ないと思っています。

入院となれば毎日通ってくれ、毎回の診察に付き合ってくれ……。もう高齢なので、私はそんな両親が心配なんですが。

私は、中皮腫で死ぬことはあまり意識していなくて、それより中皮腫を抱えて生きていくことに恐怖を感じています。たくさんの病気のリスクがヒタヒタ迫ってきているのではないか……。

家族もいなくなり、一人で取り残されていたらどうしよう……とか。

でも、それは歳をとれば誰にでもあるリスクではあるんですよね。

前向きに、がんばりたいですね！

長くなりまして、すみません！　聞いてくれる方がいるとついσ(^_^;)
クリさんは、アスベスト由来なんですか？
理由がわからない方もたくさんいらっしゃるんですよね？　私もですが。
Ｒｉｍｙ♪（、▽、）

＜Ｒｅ：病状について＞2017/8/29 00:48
Ｒｉｍｙ様
お疲れ様です。
十六年間に四回の手術と尿管ステントの治療だけでもつらいと思います。
それに加えて、絶え間なく症状を感じる恐怖は想像を絶します。
大変でしたね。
そんな中でも中皮腫で命の危険を感じていないなんて……。
Ｒｉｍｙさんは、のんびりした性格なんですか？

腫瘍の進行ものんびりなのは、その辺が関連しているのでは（笑）。

老後の心配ができる中皮腫患者は初めてです。

でも、高齢の両親を思いやる気持ちがみんなにも伝播して、友達や同僚を含めみんなが支援してくれるんですね。


私は、実家は静岡で、千葉県で一人暮らしをしているので突然調子が悪くなったらどうしようという心配はします。

寝ている時にお腹が猛烈に痛くなって動けなかったら一一九番通報して、救急隊が玄関のカギを開けられるかな？

そのまま死んじゃったら多分数日はだれも気づかないだろうなとか。


また、私も、Ｒｉｍｙさんと同じように腫瘍ができたら手術すればいいと思っていました。十七年で都合四回手術しています。

ただ、現在は残念ながら腹膜播種はさることながら、肝臓と肺に転移してかなり進行しています。

画像上は正直かなり悪いです。しかし、症状はありません。

私は、びまん性上皮型腹膜中皮腫でアスベスト由来です。表向きは。

ただ、アスベスト由来でこんなに長期生存するわけがないと医療者は考えていると思います。

中皮腫の原因は、
日本の社会的認知……中皮腫　イコール　アスベスト

日本の医学的認知……中皮腫　八割アスベスト　二割別物
（※世界基準では、中皮腫はアスベストが原因というのが定説。石綿の健康影響の評価に関するヘルシンキ国際会議　ヘルシンキクライテリア二〇一四年度版参照）
もし、Ｒｉｍｙさんに関心があるなら救済法認定の時、委員が検討した議事録をもらうといいですよ。Ｒｉｍｙさんの症例はかなり悩んだはずだし、最後は「とりあえず救済しましょう」みたいな終わり方でしょう。
添付資料を参考にして、環境省に郵送すれば議事録をもらえますよ。

また、いくつか質問させてください。
●中皮腫と診断されたのは何年何月ですか？
●いわゆる代替療法や免疫力を高めるためにしていることはありますか？
●様々な恐怖感と対峙する時、何か工夫していることはありますか？
よろしくお願いします。
栗田英司

＜Ｒｅ：病状について＞2017/8/29 18:01
ありがとうございます。
病状、心配です……。症状がないのはありがたいこともあるけど、厄介だとも思います。腫瘍が肝臓、肺の外側を取り囲んじゃっているということでしょうか？　膜に出来るって聞いているのでそういうことかな？　と。

相当の恐怖感あることとお察しします。

そんな状況で、しかも悪性中皮腫を抱え、それに向き合いながらインタビューしたり、ずっと残るサイトを作ろうとか活動されるって、なんて強いのだろうと思ってしまいます。私はむしろ考えないようにしてしまっているので……。


のんびりしているというか、のんきというか。成るように成るわーという感じですね。ケ・セラ・セラとか、なんくるないさ～とか、大好き（*´▽`*）

手術宣告も、あ、そーですかぁ～という感じなので、医師が呆れてることがありました ^^;

基本、臆病なので、そう割り切れるようになるまではスゴく深く、もんもんとしますが……。

医師にも言われましたが、周りの支えが本当に大きいんだと思います。それに良性だということも。

一人暮しは確かに心配になる時ありますよね。私は出身が埼玉ですが、結婚してすぐは藤沢に住んで、そのころは病状もあまりよくなくて、必要以上に心細く感じていました。

今は、救急車が絶対に主治医のところに運んでくれることを望んで、都内に住んでいます。

出勤時間が大幅に短縮されたのは、間違いなく身体に多大な好影響で、体調が好転したように思います。

人に聞きましたが、救急隊員はドアをこじ開けてでも助けてくれるらしいですよ？

呼ぶ時に、壊してでも入ってくれってお願いしておいてもいいのかも！　↑真剣です。

あと、議事録取り寄せられるなんて知らなかった！　聞いてみようかな。

前置きが長くなりましたが。

●中皮腫と診断されたのは何年何月ですか？

二〇〇一年五月です。

●いわゆる代替療法や免疫力を高めるためにしていることはありますか？

・サボってますが、鍼に行ってました。溜まっている嚢胞？　を散らしてくれたりしたそうなんですが、そこの部分の症状が軽減し、内科の先生も触診で不思議がってます。

経験ないからいいことか悪いことかはわからないよ……と言いながら、鍼の先生は処置してくれます。鍼はいわゆる中国鍼ではなくて、もっと細いものです。

・水をたくさん飲むようになってから調子いいです。水分という意味ではなくて、水です。

身体の中の悪いものが洗い落とされていくことをイメージしてたくさん飲みます。筋トレで効いている部分を意識してやるのと同じです。

・添加物はあまり摂りたくないです。まあ、今の社会、摂らないのは不可能だしあまりシビアにはなってませんが、少なくともコンビニ食は食べません。保存料かなぁ？　合わないみたいで気持ち悪くなっちゃうんです。冷蔵庫不要の生クリームも苦手。スナック菓子も加減しないと気持ち悪くなります。

意識していることはそのくらいですが、デトックス（解毒）できるお茶とか言われるとよく飲みます。

●様々な恐怖感と対峙する時、何か工夫していることはありますか？

それこそ、くりさんにそのままお伺いしたいくらいですが（▽）

深い呼吸を何度もします。息吸えるって自覚します。絶対大丈夫って言い聞かせます。意識をそらすために、趣味に没頭したり、何かをします。
痛い時は抑えず、喚《わめ》くこともありますσ(^_^;)
声を出すって痛みを緩和させる働きがあるんだそうですよ。喚かれる方はいい迷惑だと思いますが^^;
ここ何度かくりさんとやり取りする中で、痛みや恐怖をわかると言っていただけたことが、なんだか切なく、嬉しいような泣きたいような、ほっとしたような、不思議な気持ちになっています。ありがとうございます。
Ｒｉｍｙ♪(´▽`)

＜Ｒｅ：病状について＞2017/8/29 21:47
Ｒｉｍｙ様
お疲れ様です。
症状がないのはいいことだと思っています。
病気だということを忘れさせてくれます。

腫瘍のでき方ですが、ＣＴ画像での確認です。
腹部は、播種ができていることがわかるそうです（素人はわからない）。
肺は、顆粒状肺内転移で胸膜ではなく、肺の中にできています。
最大二㎝程度、小さいものを含めて十個以上、確認できます。
肝臓には、大きいものでは六㎝くらい、三～五㎝くらいの腫瘍がゴロゴロ。

小さいものを含めて二十個以上確認できます。

肝臓体積の一～二割程度ががん細胞。

よく症状がでないなと思っています。

多分、症状がでればすぐに死んでしまうと思うので、それはそれでよかったと思っています。「ピンピンコロリ」ですから（笑）。

でも、嚢胞性って針さしても大丈夫なんですかね？

なんだか、水が出てきてお腹の中に出てしまいそうな気がしますが？

ちなみに腹水って溜まったりはしてないんですよね？

中皮腫ポータルサイトやインタビュー調査をしようなんて考えたのは、ホントに最近です。

ブログをはじめてまだ三ヶ月しかたってませんが、そのころだってそんなことを考えたりしませんでした。

六月に「特攻隊ツアー」に行って、特攻隊員が「その時代」と「これからの時代」の日本人のために命をなげうったということに触れて心が動かされたという感じです。

何年も前から「隕石が地球に接近してきて、スペースシャトルで体当たりするって仕事ないかな」と友人に話したりしてました。

二〇一一年の福島原発事故の時は「必要なら決死隊で原発の中に入ってもいい」と思ったりしました。

友人は言います。「専門技術がない人はダメだよ」

そうなんですよね。

今も、決死隊のつもりでやってますが、気合と根性だけでは……。

自分の闘病記、インタビュー調査のとりまとめをしてますが、長文を書くことって結構大変だし。

校正も添削も何もかも自分ですし。

また、Ｗｅｂ作成のためのコンテンツ、デザイン……。

講演するにも慣れない作業は大変です。

とりあえず、できるところまでやろうと思ってます。

以下の点について教えてください。

●病院はどこの病院ですか？

●現在、積極的治療というよりも緩和ケア的な対応ですが、緩和ケア外来、緩和医療科のようなところがありますか？

※緩和ケアは終末期医療のことでなく、痛みや不快感などの症状を軽減するという意味。

●医師は中皮腫患者のことをほとんど知らなかったようですが、医師の対応に関してどのように感じていますか？

または、病院全体の対応についてどう感じていますか？

●ご出身が埼玉県ということですが何市ですか？

埼玉にもかつてアスベスト工場があり、健康被害が出ており裁判なども行われています。

また、健康調査も行われています。

よろしくお願いします。

栗田英司

＜Re：病状について＞2017/8/30 22:38
本当によく症状がでないですね（゜Д゜）
そのままおとなしくしていてくれることを願って止みません。
そうですか……、臓器の中に転移しているとは……。
やっぱり色々覚悟しないとです。
嚢胞に鍼を刺したというより、滞っているものを散らしたというイメージみたいです。中身を出したわけではないらしいです。よくわかりませんが。
代替治療はしていらっしゃいますか？

特攻隊の方のお話は聞いたことがあります。

特攻隊員さんはとても若いのに、そんな志をもって逝ったっていうのがすごく悲しくて。

でも、確かに死ぬかもしれないのかなと考えた時、周りの人にたくさんありがとうって伝えたくて、彼らの役に立てるならできることは絶対やろうって決めました。

漠然としてますが ^^;
●病院はどこの病院ですか？

慶應義塾大学病院の婦人科がメインです。外科、内科、泌尿器科にお世話になっております。

●現在、積極的治療というよりも緩和ケア的な対応ですが、緩和ケア外来、緩和医療科のようなところがありますか？

病院にはありますが、私は受診していません。主に化学療法などをするがんの患者さんを対象にしているようです。

私自身の緩和ケア……はしてないと思います。

強いて言えば、対処療法？　ですかね？

●医師は中皮腫患者のことをほとんど知らなかったようですが、医師の対応に関してどのように感じていますか？　または、病院全体の対応についてどう感じていますか？

今でもそれほどご存知とは思えません。私しかいないって言ってましたし。しかも、四月に担当変わっちゃいましたし！　引き継ぎはちゃんとしてくださっているようですし、今までは腹痛に関しては、痛い辛いということがあれば、予約外、時間外でも受け入れてくれました。新しい先生も受け入れてくださるはず……。だから、不満はありません。ただ、今までずっと診てくださった先生がいなくなってしまったことは心細いです。

病院としては、診療科を越えての〝報連相〟（報告・連絡・相談）があまり取れていないことが不満です。もちろん電子カルテで情報共有はされていますが、手術するかどうかのような詰めた話も、私を介した伝言ゲームでした。

一度、がんセンターから異動されてきた内科の先生に診ていただく機会がありました。一時、内科の主治医になりかけたんですが、「良性」となったらやはり打つ手なしということで、診察されなくなりました。なんの治療法もないとおっしゃるのですから、本当にどうしようもできないんだろうと思って、これ以上何も望めないんだろうなと。だからこんなものだろうと思ってます。

●ご出身が埼玉県ということですが何市ですか？　埼玉にもかつてアスベスト工場があり、健康被害が出ており裁判なども行われています。また、健康調査も行われています。

ビックリです！　大宮、与野辺りにアスベスト工場があったんですねぇ！　私は浦和区なので、対象外のようです。

腹水はありません。警戒はしています。

Ｒｉｍｙ♪（、◁、）

＜中皮腫・同志の会について＞2017/8/31 19：35

Ｒｉｍｙ様

お疲れ様です。

それから気になったことが一つ。

Ｒｉｍｙさんは結婚してから中皮腫発病ですか？　それとも中皮腫発病後に結婚ですか？

いくつかお願いがあります。

お願い①
Rimyさんのブログ、「♪♪いつでもなんでもHAPPYにしたい♪♪」を周知してもいいですか？
お願い②
長期生存者インタビュー調査で全国を回っています。
ただ、現時点では北海道、東京、新潟の三人しか見つかっていません。
Rimyさんについて、今回のメールの情報を体験談としてまとめさせていただいていいですか？　もちろん、実名は出しませんし、事前にご確認いただきます。
お願い③
私のブログにある「第二回中皮腫・同志の会」によかったら来ませんか？
では、よろしくお願いします。

＜Re：中皮腫・同志の会について＞2017/9/1 10:00
おはようございます。
ブログの周知、了解です。ありがとうございます！
もちょっとマメに更新しなきゃですね～σ(^_^;)
体験談の件も、どうぞお役に立ててください。
誰かの何かのヒントになれば嬉しいです。
第二回「中皮腫・同志の会」、残念ながらその日は既に予定がありまして(T_T)。
くりさん、講演なさるんですね！　それもお聴きしたかった……。

またの機会を待つことにいたします。


結婚は、発病後です。

当時は、医師にすら、本当に全く中皮腫の知識も情報も無かったので、単に、命には別状ないけど治らない良性腫瘍という診断だったんです。それが、こんなに色々引き起こすことになるとは！

おまけに手術で片方の卵巣もとり、妊娠の可能性も半減しているというのに、主人もですが、その両親をはじめとする親族の方々の大らかさとでもいいますか、本当にありがたいことです。

その後繰り返した入院と手術、とうとう子どもができなかったことなどについても一切、肩身の狭い思いなどしたことありません。

人間関係のご縁にはとにかく恵まれて、お陰様と感謝の日々です。

今回も、思いがけずくりさんとやり取りすることで、色々な情報があることを知りましたし、何より励みになりました。

このご縁にも感謝です。


同志の皆様によろしく。

お互い、顔晴り（がんばり）ましょー!!

Ｒｉｍｙ♪（、◁゛）

ケース6　覚悟を決めて（インタビュアの手記）

大阪府　右田孝雄　男性　五十二歳
二〇一六年　胸膜中皮腫　抗がん剤　二年
二〇一七年十月　インタビュアの手記

非情の宣告

突然の宣告だった。一昨年梅雨が明けたころの二〇一六年七月二十日。某病院の診察室で「病名は悪性胸膜中皮腫、平均寿命は二年」と主治医が言った。頭の中は真っ白、目の前は霞が掛かったように焦点が合わずぼやけていた。

身体に異常を感じたのは五月のＧＷ明けのある日、片肘をついて寝ながらテレビを観ていて身体を捻った時、グニュグニュと腹部に変な違和感があった。特に痛みはなかったが、これはおかしいと直感で思い、近くの病院へ行きエコーを撮ってもらった。実は約半年前に親父が腹部に激しい鈍痛を訴えて救急車で運ばれたことがあった。その時の診断が腎臓結石だったので、私も「そうなのかも……」と思い病院で診てもらったのだ。しかし、エコーには何も映らなかった。

医師からは「骨が歪んでいるのかも」と言われていたので、次の日、いつも行く整骨院へ行った。そして待ち時間に機械で背中を押した時、背中に激痛が走った。その足で再度昨日の病院へ行き、背中の痛みを訴えた。医師の判断でレントゲン写真を撮った。暫くして診察室に呼ばれ思いもよらない画像を目の当たりにした。「すぐに大きな病院に行って診てもらって下さい」と医師は言い、紹介状を書いた。

それから紹介状を持って病院へ行くと、すぐに血液検査、レントゲン撮影、CT撮影をしたかと思えば別の部屋に隔離された。「痰がでたら呼んでください」と看護師に言われ、数十分が過ぎた。このままこうしているのも嫌で無理矢理、痰を容器に入れて看護師を呼んだ。それから暫くすると「待合室に来てください」と言われた。その時、やっと結核と疑われていたことに気付いた。待合室のソファに腰を掛けるとすぐに診察室へ呼ばれた。

「うわー、どえらいことになってるなあ」。初めて会った主治医はそう言った。「やっぱり……」。私は、もう絶望感しかなかった。それから何回か検査を繰り返し、二ヶ月が経過したころに告げられたのが冒頭の言葉「悪性胸膜中皮腫」だった。

聞き慣れない言葉に、私はインターネットでいろいろ調べた。中皮腫は、予後が不良で平均寿命も主治医の言う通りおよそ二年で、手術をすれば五年まで延びると書かれていた。私は主治医に手術はできないかと聞いた。しかし、「ステージⅣ、もう手術はできへんと思うわ」と言う。その主治医の言葉は絶望感に満ちた非情の宣告だとこの時は思った。今の自分には全く考えられない程の落ち込みようだった。

前を向く分岐点

主治医の話では手術はできないとのことであったが、当時は、手術をして寿命を延ばせないかと一縷の望みを持って、セカンドオピニオンに某大学付属病院へ行った。しかし、そこの医師にも「手術はできそうにない」と言われた。中皮腫が、胸膜を破って肋骨の方へ浸潤している可能性があるからだと。

手術という選択肢を失った私は、妹や周りからの励ましもまったく心に響くことはなく、もはや〝万事休す〟と絶望感に打ちのめされていた。主治医の言う通りの治療で少しでも生き延びることを考えて抗がん剤治療をすることにした。

二〇一六年七月二十五日から入院し、翌日から「アリムタ・シスプラチン」の併用療法がはじまった。初日は約九時間、吐気止め、アリムタ、シスプラチンを投与された。その後の二日間は、吐気止めなどを含んだ点滴を六時間投与された後、副作用の経過を見るためおよそ十日間入院したのだが、実はこの時起こっていたひとつの出来事が私の心を動かした。

「悪性胸膜中皮腫」と医師に宣告された七月二十日、落ち込みながら自宅で阪神タイガースの試合を観ていた。その試合中に阪神の西岡選手が一塁ベースを駆け抜けた際に転倒し、アキレス腱を断裂し、選手生命の危機に陥った。しかし、私が入院した二十五日に西岡選手はアキレス腱の再生手術を決断し、二十六日つまり私が、初めての抗がん剤を投与された日に彼も手術をした。西岡選手はアキレス腱が断裂した時、「もう終わった」と選手生命を一旦はあきらめたらしい。しかし、応援してくれるファンのためにもがんばろうと再起し、手術を決めたと言った。私は、勝手ながら相通じるものを感じ、「家族や周りの人たちが応援してくれるのだから自分もがんばろう」と思った。これが、私に訪れた一つ目の分岐点である。

このころから、私は自分の闘病記をブログで発信し、どこまでがんばれるか綴っていこうと考えた。また、私のブログを見た中皮腫患者や知人たちが何かいい方法を教えてくれないかとも期待した。

そして、一回目の抗がん剤治療が終わって自宅に戻ってきたが、一度は奮起したものの平均寿命二年と聞いているのでポジティブにはなれなかった。それから数日が経過したある日、テレビを観ているとヨーロッパのどこかの国で爆破テロが起こり、二〇〇名の命が奪われた続報のニュースをやっていた。

私はその時、その犠牲者は突然何もわからず亡くなり、夢半ばの方も大勢いたはずだと思った。こんな考え方は不謹慎かも知れないが、ある日突然何もわからないまま、家族に何も言えず、夢や志も半ばに亡くなった方がたくさんいたことを考えたら、私はやり残したことができる猶予をもらえたのだと思った。

これが、私の二つ目の分岐点である。そこから、私は腹を括り、自分の残された命と冷静に向き合うことができたのだ。そして自分のやりたいことをブログに綴り、それを実行していこうと決意したのだ。

「中皮腫・同志の会」結成

私は、抗がん剤治療を第二クール、第三クールと続けながら、その後に少しずつ楽しいことを含ませた。その方が苦しい副作用にも耐えられて、残された人生を少しでも楽しく生きることができるからだ。時に、それは家族との外食だったり、友達同士との会食、あるいはあちこちのイベントへ行ったりと。そしてブログに、治療とその後の楽しいイベントを交互に載せた。それに合わせてブログのアクセス数も徐々に上がっていった。

抗がん剤治療四回目の時、入院先の病院でふと目に付いたのが「中皮腫・アスベスト疾患・患者と家族の会」の連絡先が書いてあるポスターだった。私は、この先々も主治医の言うがままの治療でいいのかどこか不安があった。今後、どうすべきかアドバイスをもらおうと電話をした。電話にでたのは、事務局の澤田さんだった。後にこの澤田さんには大変お世話になることになるが、この時は、「後ほど、関西の担当者からご連絡します」と言われた。

そのころの抗がん剤治療は、月曜日に入院し、火曜日から木曜日まで点滴をし、金曜日に帰宅するという日程を三週間おきに繰り返していた。折り返しの電話があったのは、退院した翌週の月曜日だった。弁護士と名乗る男が、まだ副作用が残る状態の私に、ほぼ一方的に労災申請だけの説明をした。体調の優れない私は、その口調に圧倒され、聞いて答えるのが精一杯だった。そのころの私は、アスベストをどこで曝露したのか、ほとんど考えないまま治療に専念していたので、そのことを弁護士に伝えると急に興味がなくなったような口調に変わり、電話を切った。

この時、「中皮腫・アスベスト疾患・患者と家族の会」というのは、どんな治療をしたらいいのか、患者に対してのメンタル面のケアをするところではない、労災の手続きをする場所なんだと自分で解釈した。そう思った私は、中皮腫の悩みもブログにアップして情報を得ようと考えた。

それからのブログは、自分の治療とその合間のイベント、そして時々悩みを書いたが、ポジティブにがんばっていることを伝えるため、なるべく面白おかしく書いた。それが功を奏してかアクセス数も増えた。そして、ある日「自分も中皮腫でいつも読ませてもらい元気をもらっています」というコメントをいただいた。私はこの時、今までに経験したことのない感動というか喜びを感じた。その後も中皮腫の患者さんやご家族から「励みになった」「元気をもらえた」など感謝のコメントが寄せられた。そのコメントに喜ぶ私に、いつしか自分が元気をもらえているのだと気付いた。その後も毎日どんどんブログを更新し、読者の方々から元気をもらった。治療はというと、抗がん剤を年明けの一月末まで合計九クール行った。

九クール目の抗がん剤治療が終わって二週間後、外来診療へ行った。主治医から「次、抗がん剤どうする?」と唐突に言われた。私は、思わず「しんどいわ」と本音を口走ってしまった。それを聞いた主治医は「様子見よか」と。この会話だけで私の辛かった抗がん剤治療は一旦終わり、経過観察となった。

それを皮切りに、沖縄、四国と立て続けに旅行に行き、そのことをブログに載せた。「中皮腫患者でも覚悟を決めればここまでやれるんだ」ということを伝えたかった。もちろん、それを読んだ方々から励ましやお礼のコメントをたくさんいただくようになった。そんな時、ある読者の方から「これだけたくさんの中皮腫の患者さんがミギえもんさん（私のこと）のブログを楽しみにしているんですから、いっそみんなで会いましょう」というコメントが届いた。私はその案に乗るように中皮腫患者同士で会う準備をした。コメントをいただいた患者の方々、患者のご家族の方々に連絡をし、場所を確保した。そして二〇一七年六月十七日、会食は開かれた。

患者七人、ご家族六人が集まった。抗がん剤治療をする方、手術をした後、抗がん剤治療をされている方、標準治療をせず代替治療をされている方など様々な過程を踏んでいたので、話も弾んだ。会食後も皆さん元気に「また会おう！」ということになった。「中皮腫・同志の会」の結成である。

ピアサポート

私が栗田英司さんに出会ったのはこのころだった。彼は、私に「中皮腫・アスベスト疾患・患者と家族の会」に最初に電話した時の対応に不手際があったが、決して「労災の手続き」だけをする会ではないことを教えてくれた。

そして、栗田さんの誘いで二〇一七年七月十四日に「中皮腫・アスベスト疾患・患者と家族の会」と環境省、厚生労働省などとの省庁交渉に参加し、アスベスト被害者遺族や家族の方々の真剣に向き合う姿に、私が持っていた「患者と家族の会」への誤解は溶けた。それを境に、栗田さんと行動を共にしながら「中皮腫・アスベスト疾患・患者と家族の会」の力を借りて各地の中皮腫患者と会っていくことになった。それが、私たちが元気なうちに取り組もうとするピアサポート活動である「中皮腫サポートキャラバン隊」のはじまりである。ピアサポートとは、同じ病気を経験している患者同士がお互いに支え合うということである。

「中皮腫サポートキャラバン隊」として、二〇一七年九月三日北海道支部を皮切りにひょうご支部も訪問した。そして栗田さんを「中皮腫・同志の会」に招待し、講演会を行っていただいた。その後、私一人で関東支部の群馬交流会へ招いていただいた。どこの地域も歓迎ムードで迎えてくれ、私の思いの丈を笑いを入れて話した。終わった後の充実感は、とても心地いいものだった。私一人が満足しているのではなく、その会場の殆どの方が笑ってくれていたからだ。

私はこれからも元気に動ける限り、一人でも多くの方を笑わせることができるブログを書き続け「中皮腫・同志の会」、つまりSNSで繋がる同志たちと励まし合い「中皮腫サポートキャラバン隊」で各地の中皮腫患者に寄り添っていくつもりである。

人から「本当に元気？」と聞かれていつも返す言葉がある。

「死ぬまで元気やで！」

「ポジティブに生きることが大切だ」「悩んでいることが勿体ない」と、これから何人の方に伝えられるのだろうか。時間は進む。私にどこまで時間は残っているのだろうか、あと何人の同志と出会えるのだろうか。

二〇一七年十月十五日に第二回「中皮腫・同志の会」を開催した。中皮腫患者が十四人、家族・支援者六人が参加した。皆さん話したいことがたくさんあるのだろう、自己紹介から日ごろ溜めていたことを次々と話した。中皮腫と診断されるまでかなり時間が掛かったことや治療中の苦しかったこと、辛かったことも多く語られたが、前を向いて生きることを誓い合い、帰るころには患者の皆さんは目を輝かせ、笑顔だったのが印象的だった。

中皮腫の方々に「笑顔で元気になってもらおう」とお会いしていく中で、私がその方々から「元気をもらっている」ことに気づいた。これからも元気でいる限り、この活動を続けていきたい。

あとがき

二〇〇四年二月に設立された「中皮腫・アスベスト疾患・患者と家族の会」(以下「患者と家族の会」)に入会したのは、設立されて間もないころだった。当初は、アスベスト被害を訴える省庁交渉(厚生労働省、環境省、国土交通省など)の傍聴や患者会に出席していたが、しばらくして不活発な状態になり、ただ毎年会費を払う会員になった。

なぜ足が遠のいてしまったかというと、「患者と家族の会」の活動は、アスベスト疾患に苦しむ患者と家族、遺族を社会的、経済的に救う活動が主なもので、社会に対して中皮腫・アスベスト疾患がどれほど苦しく悲惨なものであるかアピールする必要がある。アスベストとは「静かな時限爆弾」と呼ばれ、その疾患である中皮腫は、ある日突然発症し、苦しみ、そしてわずか数ヶ月、一年で命を奪っていく……。

事実そうなのである。「患者と家族の会」の仲間たちが次々に亡くなっていったのである。日本における、中皮腫患者の一年間の死者数は、一九九五年五〇〇人~二〇一六年一五五〇人で右肩上がりである。二十二年間の累計死者数は二二〇七五人にのぼる(厚生労働省　都道府県別にみた中皮腫による死亡数の年次推移　平成七~二十八年　人口動態統計確定数より)。今後も二〇三五年ごろをピークにその数が増していくことが試算で明らかになっている(村山武彦氏ら「わが国における悪性胸膜中皮腫死亡数の将来予測」二〇〇二年)。

そのような状況の中で、腹膜中皮腫なのに全く症状がなく元気に生活している私が目立つ場所にいるのは、活動にとって〝不都合な真実〟なのではないだろうか？　そんな気がしていた。

転機となったのは二〇一五年だ。「患者と家族の会」を通して「腹膜中皮腫」の方々の相談が増えてきているとのことで、「緊急招集」されて交流する機会が増えた。集まった患者と家族たちは、必死に病気について調べて治療をしているが、なかなか希望が見出せないでいるようだった。インターネットや病院のデータでは、中皮腫というと余命が一年程度、五年生存率は数％となっている。

交流の場には、手術と再発を繰り返しながらも長期生存している私の姿を見て、わずかな希望を見出してくれる患者たちがいた。

ある時、自分の長期生存という経験が公になった方がいいと思い、主治医に「腹膜中皮腫患者が、こんなに長期生存するのは珍しいと思うので、論文で発表したらどうですか」と提案してみた。すると「特別な治療もしていないので論文対象にならない」とのことだった。

医療統計データというものがどのように作成されているか知らないが、自分の事例らしきものは見たことがない。仮に統計上の一データとなっても、イレギュラー値ではじかれているのだろう。会には十年以上生存されている患者さんが複数いるが、同じような状況で公にならないのだと思う。

そんな時、会の神奈川支部の鈴木江郎さんから「栗田さんの体験は、患者さんに希望を与えるものなので講演をしてほしい」という依頼を受け、少しでも役に立つならと思い承諾した。二〇一七年六月二十七日に神奈川支部において、十七年の療養（闘病）生活についてお話をした。この本はその話をもとにして書き上げた。

最近、アスベストに関係する病気に罹患された方、現在療養中の方々に少しでも励みになれば幸いだ。

それと同時に、全国に点在し、静かに暮らしている長期生存者の方々がこれから訪れるであろうアスベスト疾患の増大期の希望の星となるべく、声を上げる動機づけになればと思う。

一時は会の活動から離れていたが、再び活動をするきっかけを与えてくださった事務局の澤田慎一郎さん、キャラバン隊を活用し成長させてくれた西山和宏さんと成田博厚さん、キャラバン隊活動を陰ながらバックアップしてくださった片岡明彦さん、鈴木江郎さん、松島恵一さんをはじめとする「患者と家族の会」の人たちには大きな援助をいただいた。そして、楽しく生き甲斐をもって「キャラバン隊活動」ができるのは右田孝雄さん、田中奏実さんをはじめとする中皮腫患者の同志たちの存在があってのことだ。

また、この本の原稿は二〇一七年十月に揃っていたが、どうしたらいいのかわからず放置されていた。それを、出版にまで導いてくださった久木亮一さんと星湖舎金井一弘社長にはご尽力いただいた。

そして、中皮腫患者として十八年間闘病できたのは、十八年間見守ってきてくれた家族と友人の支えがあってのことだと確信している。この機会にすべての関係者に感謝いたします。「本当にありがとうございます！」

二〇一八年四月　栗田英司

もはやこれまで

―「余命」1年と告げられ18年後の今を生きる「中皮腫」患者の闘病の記録―

2018年6月1日　初版第1刷発行

著　　者　栗田 英司
発 行 者　金井 一弘
発 行 所　株式会社 星湖舎
〒 543-0002
大阪市天王寺区上汐 3-6-14-303
電話 06-6777-3410　FAX 06-6772-2392
編　　集　田谷 信子
装丁・DTP　藤原 日登美
印刷・製本　株式会社 国際印刷出版研究所

printed in japan　ISBN978-4-86372-097-8